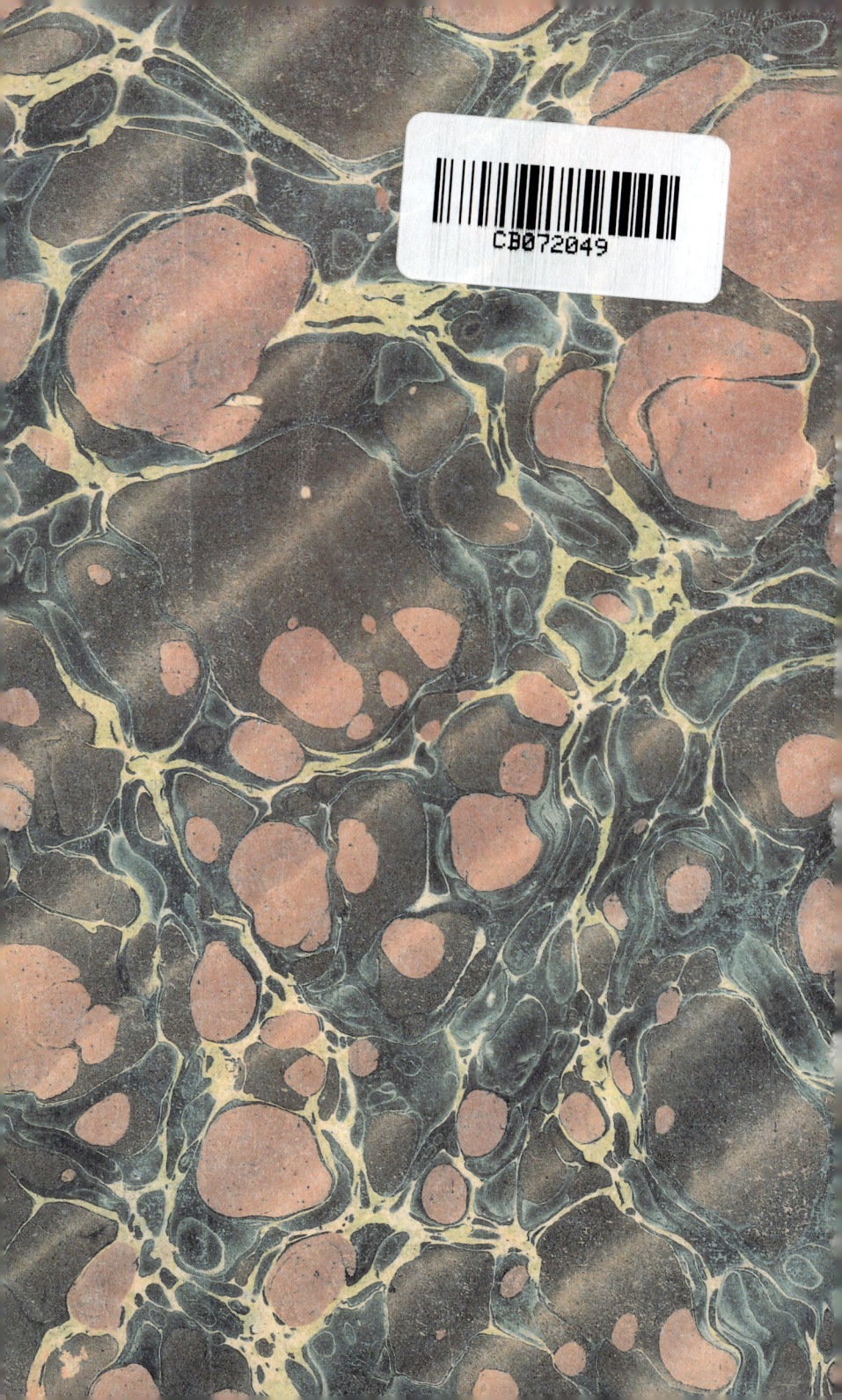

EDIÇÃO FAC-SIMILADA DA OBRA DE
ANTÔNIO DE ALCÂNTARA MACHADO

1. PATHÉ-BABY
2. BRÁS, BEXIGA E BARRA FUNDA (1927)
3. LARANJA DA CHINA (1928)

PATHÉ
BABY

EDIÇÃO FAC-SIMILADA DA OBRA
ANTÓNIO DE ALCÂNTARA MACHADO

1.

*Edição Fac-Similar
Comemorativa dos 80 anos
da Semana de Arte Moderna
(1922-2002)*

Capa
CLÁUDIO MARTINS

LIVRARIA GARNIER
BELO HORIZONTE
Rua São Geraldo, 53 — Floresta — Cep. 30150-070
Tel.: 3212-4600 — Fax: 3224-5151
RIO DE JANEIRO
Rua Benjamin Constant, 118 — Glória — Cep.: 20241150
Tel.: 3252-8327

ANTÓNIO DE ALCÂNTARA MACHADO

PATHÉ BABY

LIVRARIA GARNIER

118, Rua Benjamin Constant, 118 | 53, Rua São Geraldo, 53
Rio de Janeiro | Belo Horizonte

2002

Direitos de Propriedade Literária adquiridos pela
LIVRARIA GARNIER
Belo Horizonte - Rio de Janeiro

Impresso no Brasil
Printed in Brazil

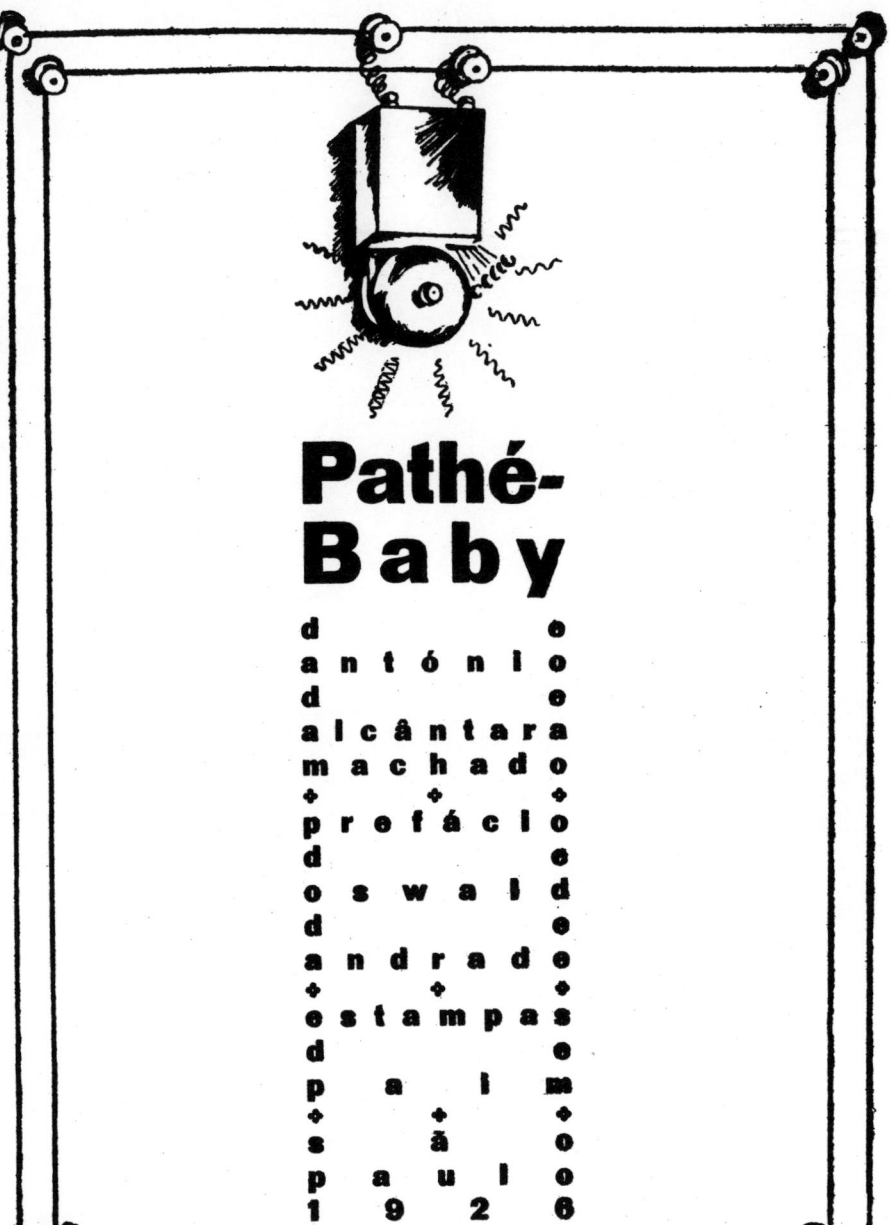

para meu pai

 PROG

SESSÕE

OUVERTURE, por Oswald de Andrade
1. *LAS PALMAS,* EM 6 PARTES
2. **LISBOA,** EM 6 PARTES
3. De Cherbourg a Paris, em 4 partes
4. *Paris,* Super especial película de grande metragem
5. De Paris a Dives-Sur-Mer, em 7 longas partes
6. **Londres,** em 5 partes
7. **Milão,** EM 4 PARTES
8. Veneza, em 3 únicas partes
9. FLORença, em 5 **partes**
10. *Bolonha*
11. Pisa

PREÇO (inclusiv

N. B. - Estão SUSPENSA

Brevemente! Braz, Bexiga

RAMA
ORRIDAS

- **Lucca**
- SIENA
- **NA'POLES,** *em 4 partes*
- **PERUGIA**
- ASSIS
- *Roma,* em 3 partes
- Barcelona, l'película de sensação em 2 partes
- Sevilha, Super-Producção em 5 partes, com astros e estrelas
- **Córdoba**
- *GRANADA* em primeira exhibição.
- **MADRID,** em tres duplas partes.
- TOLEDO

imposto): 7$000

s entradas de FAVOR

rra Funda *(Contos)* **B**revemente!

Pathé-Baby

ouverture

CARTA - OCEANO

HAMBURG-SÜDAMERIKANISCHE
DAMPFSCHIFFFAHRTS-GESELLSCHAFT

Postdampfer
"CAP POLONIO"

António Alcântara Machado
72 - Sebastião Pereira — São Paulo

Em 1913 quando você usava oculos calças curtas acompanhando proceres eleições municipaes havia bruta véla Praça Antonio Prado accesa dia noite preoccupação geral era saber quando apagaria.

Hoje São Paulo cidade triste acabrunhada experiencia revoluções arranha-céos quem tivesse idéa accender véla Triangulo seria preso.

Nossa litteratura essa epoca tambem teve vélas dentro redomas. Depois scintilou Philips modernista donde resultou sua geração mais desenvolta mais segura mais perigosa.

Comparo alguns heróes Paraguay Arte Moderna — que outra coisa não foi Semana Theatro Municipal — com meninada Minas, principalmente com você e Prudente. São canjas deante vocês.

Eu mesmo querendo tomar notas chispada Cap Polonio só me vêm formas suas personagens seus. Empaquei dentista Nazareth. Evidente que dentista Nazareth natural Pampilhosa affirmando café portuguez melhor do mundo não é meu é seu.

Culpa sua ter exgottado litteratura viagens esse cinema com cheiro que é Pathé-Baby. Excepciono variante Paulo Prado em promettida Viagem Europa dará esclarecimentos nossa falta civilização. Só elle capaz.

Quanto litteratura transatlantica sem fios definitivamente armada Pathé-Baby.

Até agora brasileiro escriptor vindo Europa limitava-se fazer papel Hans Staden artilheiro Bertioga caiu preso Tupinambás seculo 16 apavorado antropophagia aconsclhava não comerem gente. Morubichaba respondia: — Não amole é gostoso. Nós identico sermão deante cocaina tourada nú artistico.

Você apossou-se sem espanto temperatura occasional cada gente cada paiz.

Por todo seu livro concordancia amavel realmente Europa gostosa ridicula.

Pathé-Baby é reportagem. Como mudam tempos diria Marquez Maricá pensando João do Rio. De facto da tolice amavel esse seu mallogrado amigo á segurança seu estylo seu modo acertar vão diversos seculos. Brasil paiz milagres accrescentaria Marquez ignorando grande litteratura nossa epoca é reportagem.

OSWALD DE ANDRADE

Dezembro 1925

1. las palmas

pathé - baby

1. apresentação

Puerto de la Luz é o vestíbulo arenoso. Comprometedor. A cidade, que o mar e a montanha limitam, fica distante. MODERE UD. LA MARCHA HASTA 15 KLS. POR HORA. E' ela: Las Palmas de Gran Canaria. Cidade bazar. O nome é espanhol. Só. O resto é cosmopolita. Gente de todos os feitios, de todas as côres: indianos, canários, pretos, espanhois, pardos, alemães, escandinavos, ingleses a dar com pau. Prédios de todos os estilos; peninsular, mourisco, veneziano, francês, gótico. Os anúncios das casas comerciais se lêm em tres linguas. Ou mais. Possessão espanhola de direito; inglesa de facto. Nela o inglês manda, faz, desfaz. Cachimbando.

2. calle mayor de triana

Velhas de mantilha preta. Moças de mantilha branca, de mantilha de rendas transparente. Homens de gorro vasco.

pathé - baby

Casas de côres berrantes, como a gravata domingueira dos jardineiros portugueses.
— La Jornada! La Jornada!
Jornal deplorável. Única notícia de interesse: Ha. dado a luz un niño la esposa de don Pablo Cabrera.
Seis olhos azues e o balcão cheio de arabescos. Na calçada de suas lojas, indianos de metro e meio chamam os que passam:
— Caballero! Señora! Caballero!
Bondes emendados. Automóveis ruidosos. Soldados e oficiais em penca. Guardas municipais engraçadíssimos. Motocicletas. Carroças. Casas de câmbio. Mantilhas. Gorros.

3. religião e pesetas

— Hay que ver la Catedral!
Arranha-céu da cidade. Suspende as torres côr de azeitona muito acima do casario profano.
A' entrada, o coroinha de óculos, escondido atrás de uma coluna, acende o seu cigarrinho secretamente. Dentro, um sacristão mal lavado mostra as preciosidades, mediante pesetas.
— Para ver las joyas deben pagar una peseta cada unó.
Colunas imensas, revestidas de cimento, alar-

pathé - baby

gando-se e unindo-se lá no alto como palmeiras. No centro, o órgão enorme, e o capítulo.

— La Catedral tiene trecientos años.

Não parece.

Candelabros de metal, formidáveis, esgalhados. Deante do altar-mór, a lâmpada de prata pisca. Dois púlpitos abraçam colunas. Um andor de prata folheada.

— Para subir a la torre deben pagar una peseta cada uno.

E' semana santa. Velhinhas silenciosas esperam confessores. Os santos, nos altares, têm mantos roxos. A luz, que os vitrais multicolorem, aviva as estações da Via Sacra.

Do capítulo rola, agora, rouco e repizado, o canto que vinte batinas gordas entôam com voz tenebrosa.

— Para ver las campanas deben pagar una peseta cada uno.

S. Cristóvão, barbudo, feio e gigante, apoiado no seu grosso bordão, com o menino Jesus nos ombros, sai de um rio caudaloso, que ainda cobre parte de sua enorme, possante, santa perna esquerda. Isso em vinte e quatro metros quadrados de tela por cima da porta central.

pathé - baby

4. assombração

Linda Plaza de Santa Ana! O Museo olha a Catedral. O Palacio Episcopal é em estilo árabe. Casas ladrilhadas de alto a baixo avançam balcões de madeira lavrada. Pombas brancas no chão branco da praça. E dorminhocos nos bancos.

De repente, uma inglêsa de óculos, sapatões de sola grossa, chapéu no cocoruto, cigarro nos lábios. As pombas arremessam-se contra os telhados. A praça estremece.

A hediondez britânica segue impassível, soltando fumaça.

5. vistas

Cem metros sim, cem metros não, gravuras de folhinha. Rua estreita, de lajedos grandes, que sobe em caracol. Rosas nas fendas dos muros. Um menino montado num burrico orelhudo de pelo arrepiado. Uma velhota. Outra velhota.

A cidade afasta-se do mar e trepa nos morros. As casas são pedras brancas encravadas nas encostas.

Renques verdes de bananeiras alegres. Chaminés. Quintalejos.

pathé - baby

6. despedida

Na Plaza Hurtado de Mendoza há o monumento a Hurtado de Mendoza, canteiros, ladrilhos azues, vadios, um engraxate corcunda, um café ao ar livre. E pitoresco.

Crianças anglo-saxônicas, de compridas tranças, passeiam de velocipede. Um velho sem colarinho oferece bilhetes de loteria. Mulheres bonitas, vendo homem, afastam a mantilha do rosto.

Vista do Puerto de la Luz, a cidade é uma cousa caiada que se joga da montanha e cai no mar, batida de luz.

A lancha policial traz dois contrabandistas.

— Hagan ustedes buen viaje!

Abril de 1925.

2. lisboa

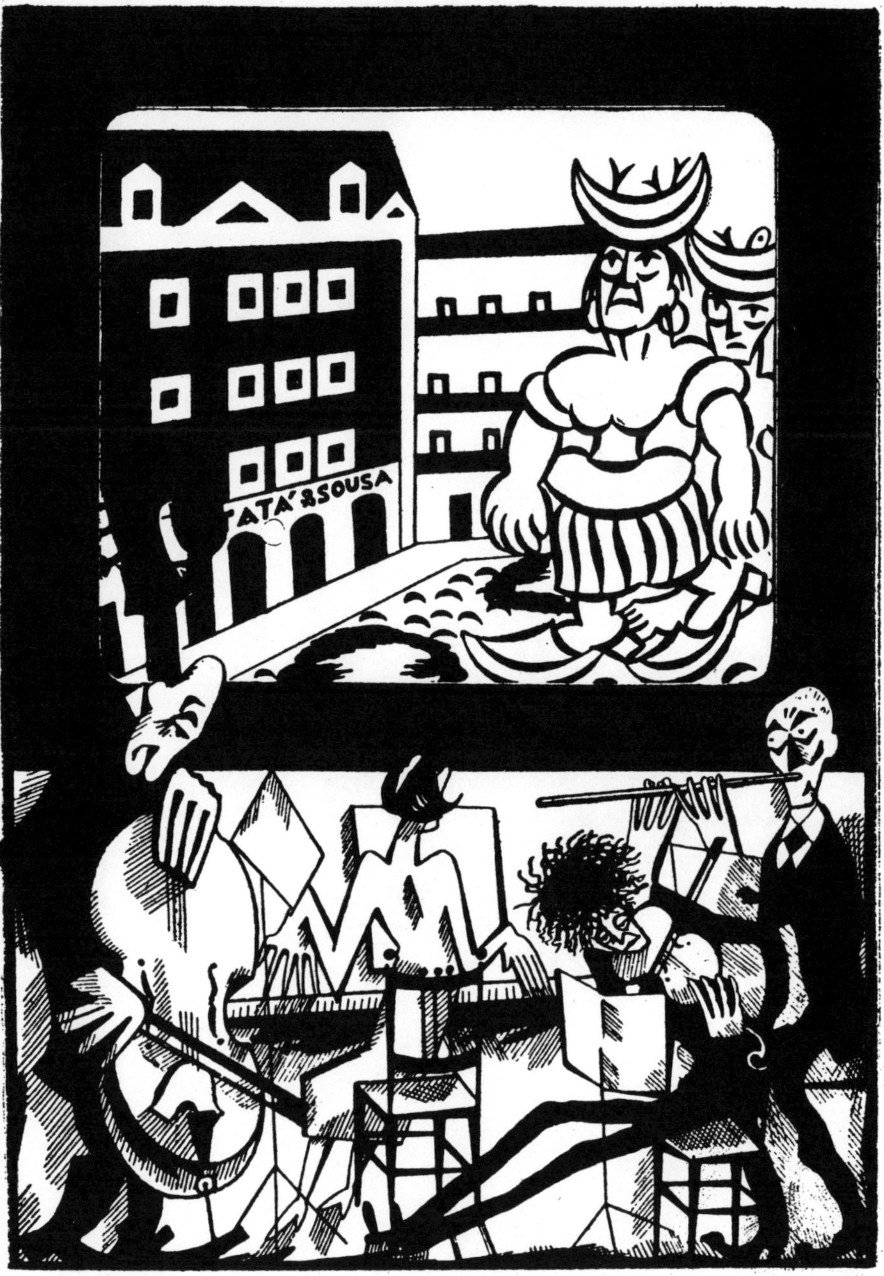
ATA' & SOUSA

p a t h é - b a b y

primeiro episódio: ida

1. sala de visitas

Lama no Tejo. Manhã horrível de céu cinzento. Chuvinha fina que cai. Frio. Vento. A lancha pula nas vagas: desce, sobe, desce, sobe. Uma bola de borracha saltando.

— Ainda levamos muito tempo para alcançar a terra?

— Eu sei lá!

A cusparada completa a resposta amável. Emfim, Porto da Desinfecção. Merece desinfecção urgente. Imundo. Entapetado de limo. Barcos de pesca de velas amarradas. Pescadores de barrete vermelho, de barrete verde. Máu cheiro. Encarniçada caça a um automóvel.

— Uma voltinha de meia hora? Sessenta escudos.

O automóvel é um Pic-Pic; o motorista não devia ter o direito de usar colarinho (mas usa, emporcalhado).

— Não bata na cuberta! Issu não é para estragar!

p a t h é - b a b y

O guia improvisado, trêmulo de vergonha, protesta com energia, desfaz-se em recriminações, berra importância. Sem resultado apreciável.
— Pois se também tem autumóvel, vá buscalo! Eu não sirvo tipos sem inducação!
Com as mãos no volante, ordena:
— O' rapaz! Vira aí a andorinha que está torta!
A andorinha é uma águia de metal dourado, pousada sôbre o radiador.

2. é assim

Na rua 24 de Julho há assustadoras lagunas de água barrenta. Ovarinas também, aos grupos. Vendedores ambulantes. Tamancos barulhentos. Um mercado infecto. Descomunais pés descalços. Saias pelos joelhos. Calças arregaçadas. Verdureiras. Sujeitos de gorro, capa espanhola e guarda-chuva.
A estátua do Duque da Terceira.
Depois de outras, a rua do Ouro. Joalherias. Bancos. Prédios idosos. Largo do Rocio, com D. Pedro IV, diferente do de Pedro Américo, plantado no centro. O Teatro de D. Maria ao fundo, branco. E alfacinhas matinais, de andar ligeiro.

pathé - baby

O Chiado. Casas de moda. Lojas. Alfaiatarias a valer. Guardas civis de bracelete verde e vermelho. Rua Garret (a placa explica que Garret foi um poeta que viveu de tantos de tal a tantos de tal). O automóvel sofre de tabes: sôbre o calçamento inominável treme como varas verdes. A estátua de Luis de Camões. Cheiro forte de glórias idas. Casas tristes, bolorentas. O frio e a chuvinha. Rua do Alecrim. Mais uma estátua. Amorável. De mármore, com a Verdade, Eça olha sem vêr. A Verdade, quási núa, tem tres dedos partidos. Dá dó. Dos que partiram. Deante do Eça de mármore desfilam tipos que o de mais ossos que carne conheceu e aproveitou. Aquele suíno de luvas côr de manteiga e chapéu côco é o Damaso seguramente. Botinas de elástico que rangem: conselheiro Acácio. Agora, o Pinho, de sobretudo, manta e guarda-chuva. E a Juliana, batendo as chinelas na calçada escorregadia. Imortais.

3. jardim da europa

Cais do Sodré. Monumento aos Homens do Mar. Os barcos de pesca, atracados, com os mastros nús, são arvores desfolhadas, sêcas, oscilantes.

pathé - baby

O Século e *o Diário de Notícias* comemoram com desenhos, fotografias, rojões rimados, o sétimo aniversário da batalha de Lys. Nove de Abril. Dia embandeirado. Pretexto para os portugueses relembrarem mais uma vez o passeio triunfal das cinco quinas pelo mundo, a grandeza dos Gama e o heroismo dos Albuquerque. Portugal de hoje: saudade geográfica do de ontem.

Dez horas. A lancha que devia estar á espera, no cais, desde quinze minutos, ainda não chegou.

— Vs. Exs. pagaram bilhetes de ida e volta?
— De ida e volta.
— E a que horas parte o vaporzinho?
— A's dez e um quarto.
— Ah ladrões! Antão ficaram com o dinheiro!

Azáfama. Cólera e desespero. Maldições. Inúteis.

— O senhor é o guarda? Precisamos com urgencia de uma embarcação.
— Qu'é qu'eu tanho com issu? Vão falar com o patrão, aquele velhote que ali está.

Pedidos. Súplicas até. O velhote não tem a alma dura felizmente (a cabeça é um pouco, graças a Deus).

— Está bém. O' fragateiro! O' fragateiro! Onde teria se metido êsse maldito? O' fragateiro!

pathé-baby

Lá está êle. Traze depressa uma lancha, rapaz, que é a safar!

Aparece um homem magro, cara raspada, cabelos encaracolados cobrindo a gola da imensa capa de borracha preta, roupa escura e chapéu enorme, gravata de pintor e bengalão temível.

— Apresento-lhes aqui uma das maiores influências políticas da terra: o senhor Armando de Azevedo.

E o guia improvisado acrescenta baixinho:

— Este gajo é o grande chefe dos revolucionários de Lisboa!

O grande chefe tem um ar malandro de Mefistófeles popular, feito em séries.

Chove sempre. O ilustre agitador toma lugar na lancha, que dispara. Acima do barulho do motor e do ruído das ondas, ergue-se a voz cavernosa do chefe:

— Se os amigos voltarem algum dia a Lisboa, já sabem: encontram-me sempre na Brasileira, o café onde se fazem as revoluçõesinhas...

O guia improvisado não desvia os olhos de êxtase do Lenine tipo Ford, que, de pé, no centro da lancha, lança um olhar tirânico sôbre o Tejo, sôbre Lisboa, sôbre Portugal, sôbre os homens, as cousas, os elementos.

pathé-baby

— Um grande! Um imenso! Um homem necessário. Isto aqui só á dinamite! A bordo, o chefe revolucionário tem um ataque tremendo de asma. Quási arrebenta. Quási.

Abril de 1925.

p a t h é - b a b y

segundo episódio: volta

Na lancha, o bigodudo dos cartões postais (colete de veludo azeitona) açucara a voz junto aos ouvidos estrangeiros:
— Tanho também uma culeçãosinha, que é a última palavra no género que V. Excia. adivinha... Quatro shillings sómente.
Dois mulatos de chapéu côco passeiam no cais lapelas floridas. As varinas correm na ponta dos pés, com ventres de gravidez eterna. O pregão dos garotos enche as arcadas encardidas do Terreiro do Paço:
— Canetas a quinze tostões! Piúgas a cinco tostões!
A sobrecasaca conselheiral dos estudantes usa uma capa de irmandade por cima. A rua Áurea é a vergonha do nome. Tatá & Sousa. Imundicie e abandono. A avenida da Liberdade. Desleixo e buracos.
SÃO PORTUGUESES OS CHOCOLATES DA FÁBRICA SUISSA.
A estrada de Bemfica, emquanto o sol oprime, sobe e desce debaixo dos pneumáticos. Poeira no ar. Carões manuelinos. Varapaus e barretes. Suíssas brancas. Olhares mudos.

pathé - baby

Sintra. CASA D'AVÓ. A cabeça do guia, no Palácio Real, é um ovo de alabastro.
— Câmara de D. Maria Pia.
A sala das pêgas perpetua no forro a bilontrice real.
Das janelas da torre, os telhados das casas são papoulas crescidas na paisagem verde.
Ladeiras de musgo e frescura.
O sino da igrejinha pula de contente. Na fonte, a mulher de saia enrolada na cintura inclina o cântaro amarelo. O velhote acocorado no banco de pedra sorri para as moscas. Um cachorro coça a orelha. Zangado. O moreno, de guitarra sob o braço, pára para acender o cigarro. Sombra.
— V. Excia. não deseja queijadinhas?
Rua das Padarias 7 e 9. Fabricação da senhora Periquita (Constância Gomes). Tem marca registrada: periquito voando.
A estrada é um traço de giz.
Lisboa com nódoas. No cais do Sodré a lancha, cheia, guincha.
— Antão, V. Excia., não quere mesmo a culeçãosinha de bandalheira? Olhe que são sómente dois shillings.
E há um cheiro de pólvora sêca.

Outubro de 1925.

3. de cherbourg a paris

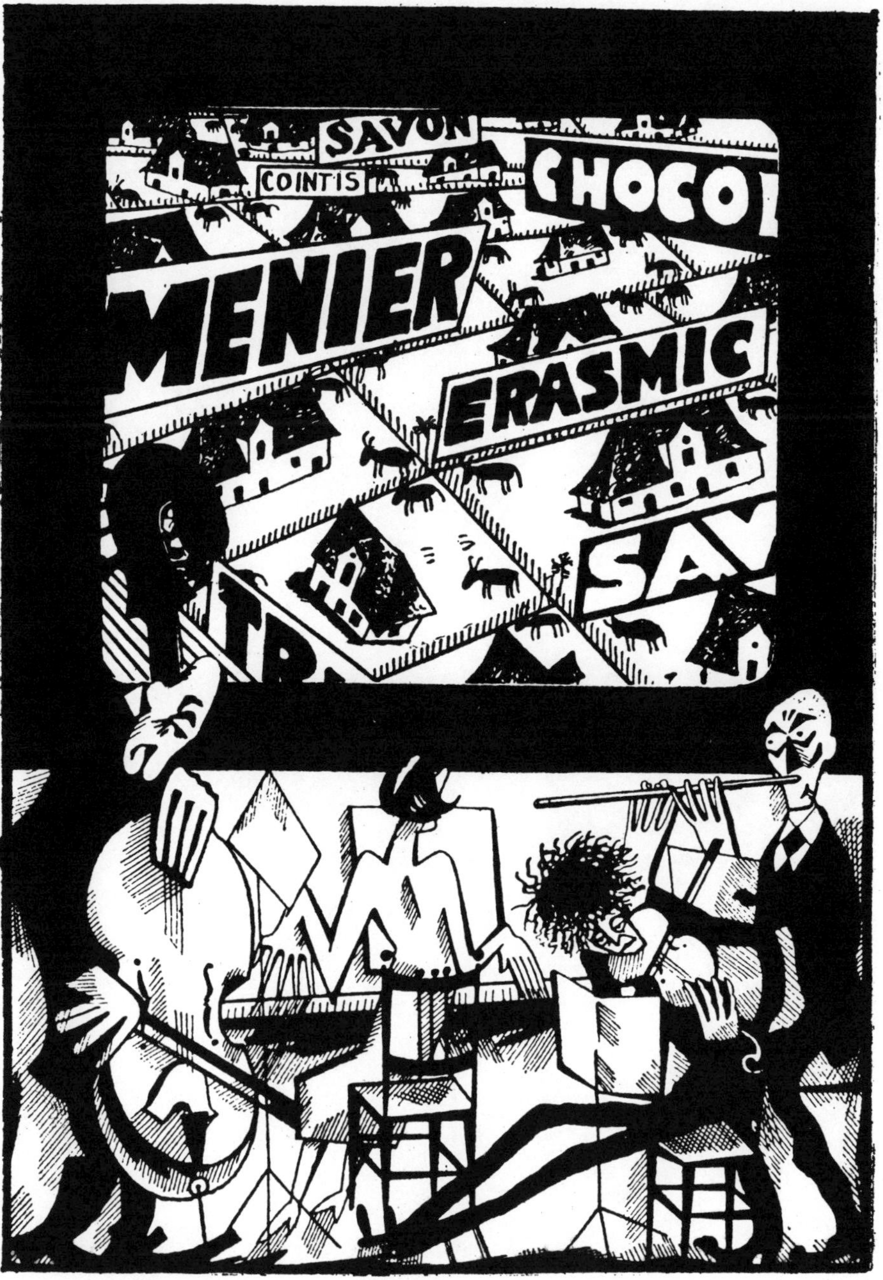
SAVON
COINTIS
CHOCO
MENIER
ERASMIC
SA

p a t h é - b a b y

1. pii!

— En voiture! En voiture!
Um apito. Não: dois apitos. Sinais vermelhos. Rápido, o trem corre, rola com ruído, rangendo. Sem deixar saudades, Cherbourg desaparece.
Normandia. As aldeias começam a desfilar, vertiginosamente, umas atrás das outras, enfileiradas ao longo da linha como postes telegráficos.
A natureza, para compor a paisagem normanda, estudou geometria. Desenhou-a com ajuda de esquadro e compasso. Coloriu-a pobremente, com duas côres só: cinzenta e verde. Caprichou. Estilisou. Tudo é medido: os campos, os prados, as árvores.
O homem colaborou com a natureza: dividiu a terra em triângulos, losangos, trapésios. Muito interesseiro, espetou anúncios: CHOCOLAT MENIER, COINTREAU TRIPLE-SEC, SAVON ERASMIC. Evitou curvas. Deformou as árvores. Alisou os campos. Penteou a relva.

p a t h é - b a b y

2. percurso

Casinhas aos pares. Tétos pontudos de ardósia. Muros de pedra. Vacas bem tratadas (tudo é bem tratado).
Simetria, fria simetria. Em cada canto do terreiro quadrado, um arbusto. No centro, uma árvore. A cêrca é de madeira pintada. Ninguêm. Toda gente já viu um quadro assim. Numa loja de brinquedos. Cidadesinhas pequeninas. O trem não lhes dá importância. Passa por elas: não pára. Pobrezinhas, ficam tristes. Ao menos, parece.
Agora, em Valognes, Carentan, Caen, Lisieux e outras cidades assim, de muitas casas, de igrejas magestosas, de estação metida a sebo, o trem estaca. Minutos só, é verdade. Logo, dispara. Vai disparando, até encontrar outra que, unindo numa suplica as mãos no alto de um campanário, lhe pede, lhe diz:
— Pára!
Êle consente ofegante.
Ao menos, parece.

3. o lusíada do compartimento vermelho

O português que desce em todas as estações usa bigodes pretos e polainas amarelas. E' gordo.

pathé-baby

Súa. Desce para subir carregado. Traz frutas, garrafas de Vitel, e doces para a mulher e os filhos. A paisagem o impressiona. Descascando peras, destampando garrafas, desembrulhando pacotes, encosta sempre o vidro do monóculo no vidro da janela e explode:
— E' de escacha!

4. chiiú!

Escuridão de túneis. Pequenos castelos, cercados por parques e gramados. Macieiras perfiladas como soldados. Ripas de madeira nos muros das casas.
E' primavera. Onde estão as flores? Bosques de pinheiros tristes. Planice chata que não termina mais. Não há montanhas escondendo o horizonte. Por muito favor, colinas anãs. E só lá de vez em quando.
As povoações abrem ala para o trem passar. E o trem passa veloz, em busca de Paris.
Trilhos, trilhos, trilhos. Discos verdes, discos vermelhos. Lanternas. Sinais. Avisos. Letreiros. Trens parados. Trilhos. Postes. Guindastes. Locomotivas fumegantes. Arrabaldes tranquilos. Automóveis. Estações pequeninas de nomes enormes. Fumaça. Trilhos. Rapidez do trem que vôa. Ruído.

pathé - baby

Imobilidade das cousas que ficam. Cheiro de gente. Cheiro de trabalho. Cheiro de civilização. Trilhos.
E as torres da Sacré Coeur, á esquerda, alongando Montmartre até o céu. E a Tour Eiffel, á direita, espetando as nuvens.
Gare St. Lazare. Faz frio. Desce um casal de brasileiros: êle, de palheta, bengala e sobretudo; ela, toda côres carnavalescas, toda porta de tinturaria.
— Cé sont des argentins...
Ainda bem! Ainda bem!

Abril de 1925.

4. paris

para marcellino
de carvalho, filho

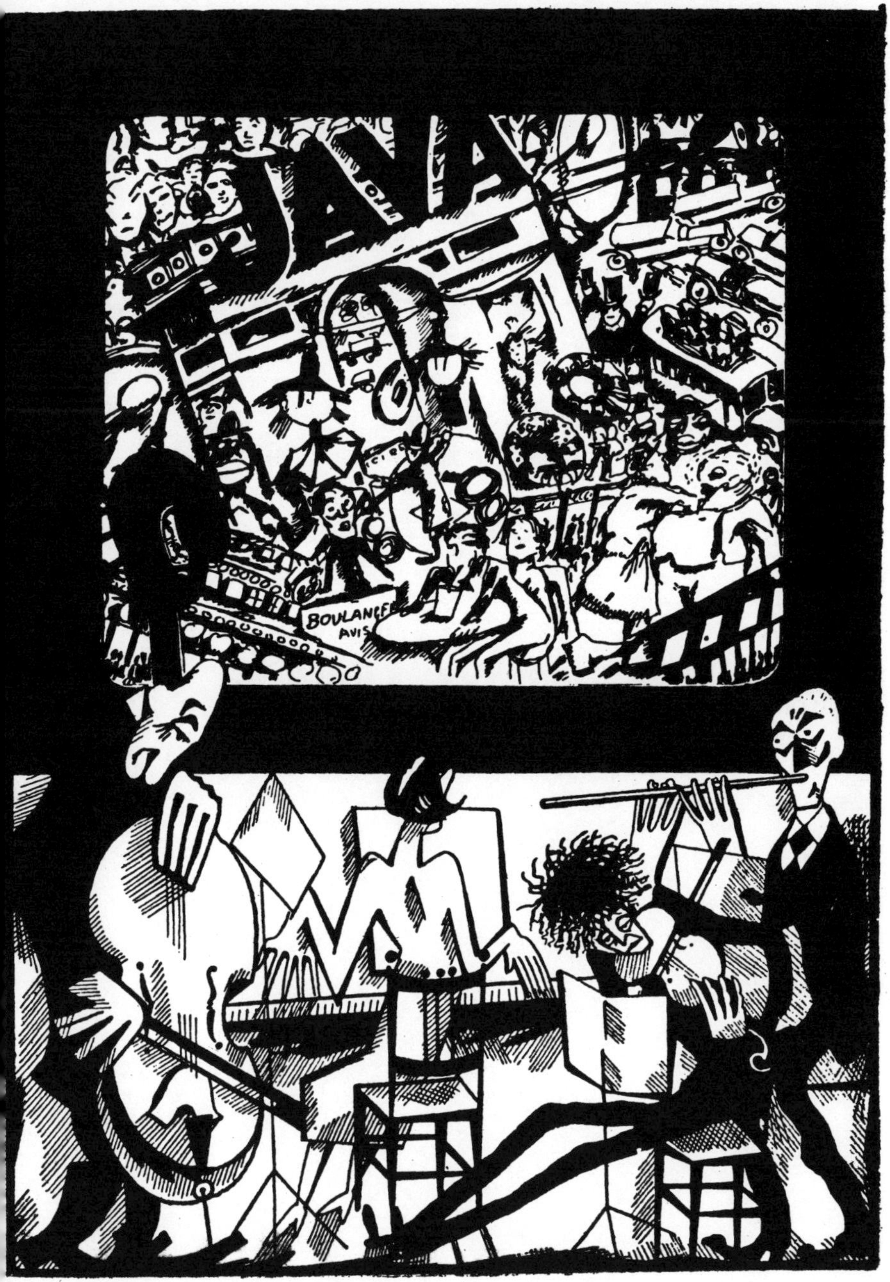
JAVA
AVIS

p a t h é - b a b y

1. a flama da saudade

Place de l'Étoile. Em torno do Arco do Triunfo magotes de automóveis giram. As avenidas são doze bôcas de asfalto que comem gente e veículos, vomitam gente e veículos. Insaciáveis. Ruído. Pó. E gente. Muita gente. O soldado apita, levanta o seu bastão, e a circulação pára para que possam passar, tranquilamente, a ama e o seu carrinho. Duas costureirinhas que tagarelam. A familia que vai bocejar nos bancos do Bois. Um maneta vendendo alfinetes. Gargalhadas de uma loura de olheiras verdes. A Kodak de um inglês. Um casal de namorados. Israelitas ostentando a roseta da Legião de Honra. Monóculos. Paris que passa.

E pára sob a arcada. Do chão sobe a flama da saudade, que dança. Tres mutilados, condecorados, compenetrados, montam guarda. O menino de capote azul, carregando um arco, inclina-se. Gira o gorro na ponta do pau e soletra baixinho:

— I...ci re... po... po... Ici re... pose...

Recolhimento de teatro dramático. Em volta do Arco, a vida dinâmica da cidade tumultuária,

p a t h é - b a b y

berrando no buzinar dos automóveis, no ronco dos
ónibus, no vozerio indistinto que sobe e foge. Sob
a arcada, os olhos fixando o túmulo. E o menino:
— ... repose un sol... dat...
Mulheres de luto juntam as mãos. Os lábios
tremem. Há corôas pelo chão. A flama joga para
o alto uma fumaceira escura que envolve as meretrizes que chegam. Cabeças descobertas.
— ... fr... fran... français m... mort...
Cabeças baixas. A meretriz mais alta desprende da cintura um ramo de violetas, coloca-o entre
as corôas. O ramo resvala, esconde-se sob as flores
mortas. A filha da burguesa de buço agacha-
se, pega o ramo roxo, pousa-o sôbre o túmulo. A
burguesa de buço (e gorda) aprova com o olhar.
Todos pensam. Todos rezam.
— ... pour la pa... trie.
Em torno do Arco, os automóveis buzinam
sempre, os ónibus roncam, sobe e foge o vozerio
da multidão.
O menino sai, correndo, tocando o seu arco,
triunfantemente.

2. o baile do magic-city

A taboleta diz: JAVA. Estrepitosamente a orquestra toca *La Belote*. Música saltitante, tremelicante.

p a t h é - b a b y

Cincoenta, cem, duzentos pares. Incontáveis. Frenéticos.
Prazo — dado de todas as raças, de todas as idades, de todas as classes. Do amor e da alegria. Paris que a Agência Cook não conhece.
Peito contra peito, bôca contra bôca, fronte contra fronte, um estudante chinês dança com uma dactilógrafa cubana. Duas raparigas gingam coladas, os lábios da mais alta no pescoço da mais baixa. Pulos. Gritos. Gargalhadas. Uma costureirinha do Boulevard des Filles du-Calvaire abraça o indiano de óculos e corcunda.
— Voilà mon père qui arrive avec sa gonzesse...
Que bôca tão vermelha! Os braços magros de um argeliano fazem-se quilométricos para enlaçarem os cento e cinco quilos de uma norte-americana de colar de pérolas. Cada par tem o seu estilo: o estilo que lhe convem. Os passos improvisam-se, traduzem estados de espírito. Passos burgueses. Passos cómicos. Passos pitorescos, voluptuosos, escandalosos.
Vozes roucas, imitando a de Mistinguett, principiam o estribilho irresistível:

*On fait un' petit' belote
et puis ça va...*

pathé - baby

Outras continuam, misturando cincoenta pronúncias diferentes:

*Tout le rest' c'est d'la gnognotte
à côté d'ça...*

Confusão estonteadora, policroma. Peitilhos de casaca. Fardas. Caras' barbudas. Um par de lábios grudados, parado no meio do salão. Mamãs suarentas, com copos de cerveja. Um inglês manco e que salta, arrastando os sessenta anos da rumaica alta. E o estribilho que recomeça:

*On fait un' petit belote
et puis ça va...*

E continua:

*... on belote et rebelote
à tour de bras!*

Algazarra de dançarinos que se chocam. Hálitos que se misturam. Cheiro azedo de aglomeração pública.
— Ah!...
— Non!...
— Oh!...
A orquestra silencia. Por segundos. Aplausos. A orquestra ataca de novo *La belote.* O saxofone faz prodígios. Acrobacia sonora de todos os instru-

p a t h é - b a b y

mentos. A música (tararirarirará-pum! tararirárá-pum!) berra, silva, detona. Estardalhaço da bateria.

A um canto, voltados para a parede, cabeças unidas, baixas, o rapaz e a rapariga tremem. O brasileiro, da mesa mais proxima, arrisca um olho, e sorve a limonada. Muito vermelho.
SAMBA, diz a taboleta da outra orquestra.
Maxixe de S. Guido. Delírio de pernas que se cruzam e se esfregam. Giro doido de corpos unidos. Ginástica e desarticulação de todos os membros. Contorsões. Equilibrismo. Reviravoltas. Na vertigem, no goso, no espasmo, o respeito humano desaparece. O próximo não existe. Ninguêm tem olhos para o que se passa em torno. Quem quer beijar, beija. Quem quer bolinar, bolina.
Agora, tocam as duas. Tocam tudo. Sem intervalo.
— Dejà?
Assalto aos vestiários. Longos apertos de mão. Beijos de fim de fita. Empurrões.
— Bonsoir. On se verra demain au metro...
— Oui, ma gosse...
Da boca de um bêbado de cócoras na calçada (chuvisca), saem baforadas de alcool e versos da *Internacional*.

p a t h é - b a b y

3. meia-noite, boulevard des capucines

Bulhento, internacional, colorido, o Café de la Paix prolonga-se até o meio da calçada. Entre meretrizes e ingleses, a multidão passa aos empurrões. Desfile de tipos e de raças. Ininterrupto. Pitoresco. Jornais de S. Paulo, do Cairo e de Tokio, revistas apimentadas e livros pornográficos enchem os quiosques de pouca literatura e muita obscenidade. Anúncios luminosos põem brilhos de palco na fachada cinzenta dos prédios.

— Un guide pour la nuit? Très discret...

Vindos da Opéra, claques e peles. Árabes, de olhar canalha, oferecem tapetes. Uma negra de óculos. No asfalto, acrobatismo de automóveis que se chocam. Meia-noite iluminada e borbulhante.

A mercadoria dos bordeis da vizinhança percorre o Boulevard. Há de tudo, para todos os vícios, para todas as bolsas. Apoiada em muletas, uma aleijada (há de tudo, para todos os vícios) obstinadamente vai e vem. O rosto é lindo. O olhar é um convite desesperado.

Sujeitos mal cheirosos presentindo estrangeiro puxam do bolso cartões postais:

— Poses artistiques... Dix francs la série.

O francêz gordo, suando felicidade, esfrega os bigodes no rosto besuntado da magricela. Im-

pathé-baby

prudência de francês gordo. Bufando como uma Mallet, a mulher de roxo o enfrenta e o esbofetea. Ao estalo segue-se a descompostura berrada:

— Tu ne t'imaginais pas me rencontrer, hein, salaud? Tu cultives les poules maintenant? Mais je te jure que cette fois tu es f..., je te jure!

— Voyons, ma chérie, voyons...

A luta começa. Empolga a multidão que faz roda. O guarda-chuva incansável da traida esborracha o chapéu côco do adúltero. A lourinha de rosto besuntado chora.

—Il m'a dit qu'il était libre...

Chora mais um pouco.

— ... le salaud!

E safa-se.

A luta agora é a sôco. O adúltero na defesa. A assistência diverte-se, entusiasma-se, aplaude.

— Bravo, les élèves de Carpentier! Bravo!

— C'est rigolo comme tout, vous savez!

— Et gratis!

O espectáculo, por intervenção de um barbaças, transfere-se para o interior de um automóvel. Os espectadores afastam-se a custo.

Para dois negros de polainas e luvas amarelas a velhinha do quiosque explica em falsete:

— C'est le printemps...

pathé - baby

Batendo com as muletas, cadenciadamente, a aleijada vai e vem. Na rua há tambêm taxis de bandeirinha erguida.

A norte-americana, feia como uma francesa honesta, pára no meio da calçada, levanta o vestido e arranja demoradamente as ligas.

Resumo do mundo, fervilha o Boulevard.

4. meia-noite, rue st. honoré

A inauguração (com a Marselhesa e discursos) do pavilhão de Paris na Exposição das Artes Decorativas é um pretexto oficial. Simplesmente. Na Rue St. Honoré, o que o povo comemora é a sua própria alegria, a alegria de viver e dançar.

Caixeiras e operários, estudantes e costureiras, funcionários e burgueses unem os corpos e bamboleam os quadris. A primavera lubrifica os membros, sugere desejos.

Tres lâmpadas suspensas no meio da rua. Nas calçadas, mesas e cadeiras. A' porta do café, uma sanfona e um banjo são a orquestra. Só. Mais nada. O suficiente.

Rodopiam os pares sobre o asfalto. Correm. Deslisam. Saltam.

p a t h é - b a b y

Cessa a circulação dos veículos. Que esperem!
Os sons fanhosos da sanfona, os sons duros do banjo movimentam os enlaçados. Dançam homens com homens, mulheres com mulheres. Um velho dança sózinho.
Valsinha chorosa, balançada, gemebunda. No colo das raparigas ha flores de Maio. Trazem felicidade. Trazem: a de dançar.
Nos intervalos, os veículos cruzam o salão de asfalto. Vaiados.
Os músicos, em mangas de camisa, engolem cerveja.
— Java! Java!
Sem chapéu, sem colarinho, sem cerimônia, os pares mimam o rítmo popular.
De dentro de um ónibus feito camarote, passageiros espiam com inveja. O condutor não resiste. Pula da boléa, agarra a primeira rapariga que encontra, entra no fandango.
Um grupo de estrangeiros, á distância, escancara olhos surpresos. Entre ingleses que cachimbam e espanhois que discursam, o japonês observa, sumido.
Num muro, fronteiro ao baile, cartazes coloridos falam da crise da vida, das eleições municipais, dos atentados comunistas. Um é tremendo:

p a t h é - b a b y

conclama os padeiros. Truculentamente: OU-
VRIERS BOULANGERS! NOUS ALLONS FAIRE
APPEL à VOTRE COLèRE! Outras frases explo-
sivas. Dinamite verbal. Acaba berrando em letras
vermelhas: DEBOUT, LA BOULANGE!

Mas o povo dança, dança, dança, ao som do
banjo e da sanfona.

O condutor do ónibus combina um encontro para o dia seguinte.

5. fête-foraine

— Venez voir l'HOMME CHAUVE- SOURIS!
Un franc pour admirer le célèbre phénomène!

As mulheres dos operários distribuem cêntimos pelos filhos. Os fócos de luz desfazem-se no
Sena. Alegria de pobres. Montada nos cavalos do
Carroussel, a gente vestida com côres contentes
gira e gira com risos, com gritos. Os cavalos cor-
coveam sincronicamente. Folheando o *Paris-Flirt,*
a costureirinha morde os lábios. E a Tour Eiffel,
subindo pelo céu, anuncia os automóveis Citroen.

— Venez voir l'HOMME CHAUVE- SOURIS!

Na frente da barraca a pintura e um monstro
com pernas e rosto de homem, mas asas e orelhas

pathé-baby

de morcego. Ao lado da borradela sensacional, o furunculoso recebe o franco e afasta a cortina.
Os curiosos ficam de pé olhando a caixa comprida. O tipo, de dentro da caixa, ergue a tampa com a cabeça. Mostra bem a careca. Depois, sorri. E desaparece.
A velhinha de guarda-chuva sai indignada, dizendo que é exploração.
— Venez voir l'HOMME CHAUVE-SOURIS! Un franc! Un franc seulement!
Assim, de gente!

6. espírito gaulês

A Éxposition des Arts Décoratifs et Industriels Modernes, de árvores cubistas, de telhados quadrados, de jardins de madeira, levanta para o céu de Paris antenas de luz.
A multidão torce o nariz deante dos pavilhões ricos, e vae divertir-se no Parc des Attractions.
Tudo mexe. Tudo corre. Tudo berra.
— Allons voir la Maison des Glaces.
Na sala octogonal, os espelhos deformam as figuras. Engordam. Emagrecem. Entortam. Caricaturam.
A gente ri.

pathé - baby

O guarda grita:
— Mesdames et Messieurs! Soutenez vos chapeaux!
O golpe de vento, de repente, sobe do rodapé e levanta as saias.
A gente ri.

Abril, Maio e Outubro de 1925.

5. de paris a dives-sur-mer

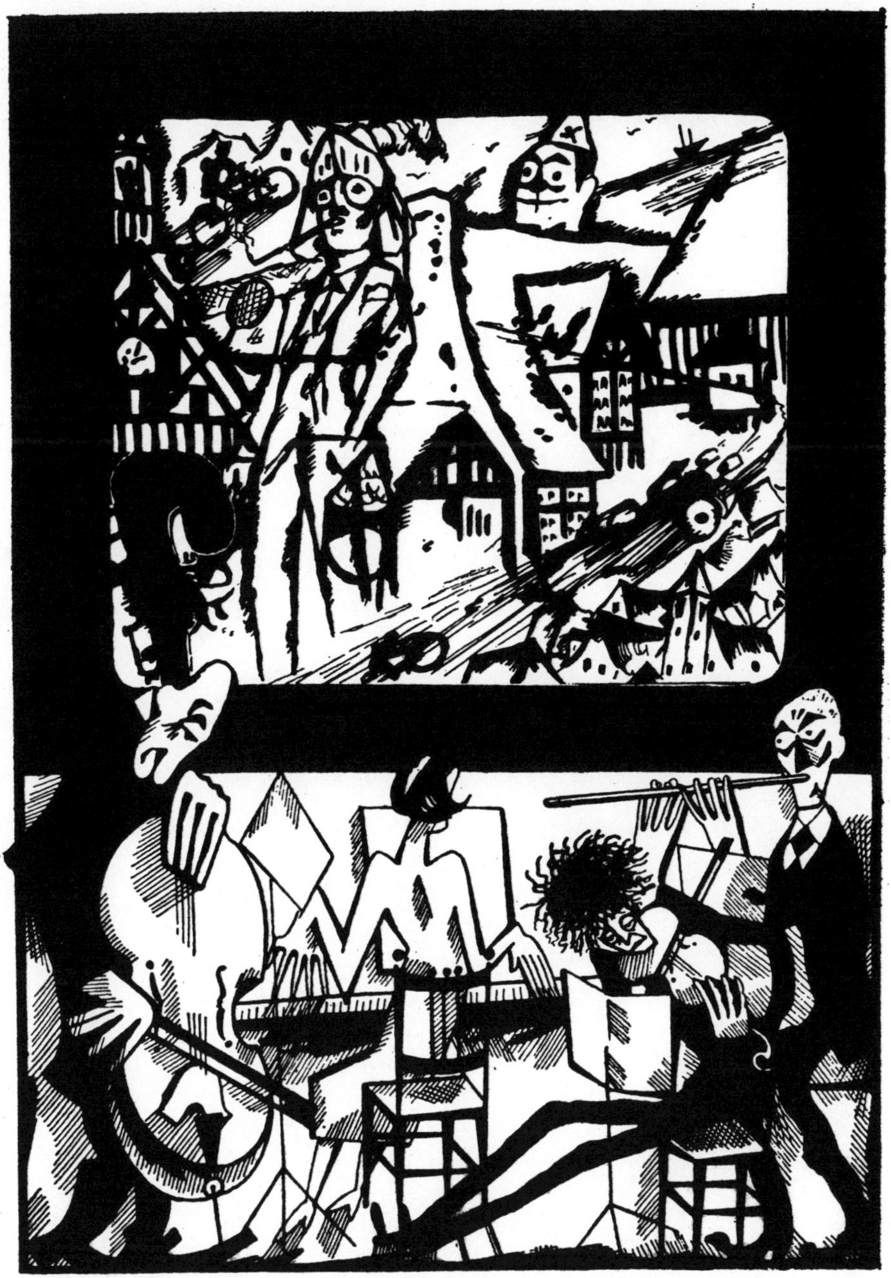

pathé - baby

1. rodovia

A estrada de asfalto é um risco de lapis cortando o campo verde. Paris ficou atrás. Na bruma. Entre acácias, a Citroen engole quilómetros com uma fome de 10 H. P.

As cidades abrem-se. Bougival, St. Germain-en-Laye, Mantes-la-Jolie. A estrada passa. Paisagem asseada, civilizada. Ao longe, macieiras em flor são velhinhas de cabelos brancos imóveis na relva esmeralda. Passaros deslisam no ar embaçado como folhas que o vento ergue. E leva.

Telhados culminando num campanário esguio: Bonniéres, Fontaine-la-Soret, Malbrouck, Duranville. Nem cidades, nem vilas, nem aldeias: pousos. Com um Hotel du Grand Cerf e um monumento aos mortos da guerra (*A nos morts glorieux, Aux héros morts pour la patrie,* e a lista, e a palma de bronze, e o galo gaulês).

Os parentes contemplam-o com orgulho. Entre suspiros, para evitar falatórios.

pathé - baby

2. visita

Farnel nas costas, pedalando, pedalando, ciclistas, homens, mulheres e crianças, ao lado dos automóveis, correm sobre a estrada. Os olhos reflectem as árvores. O cheiro da terra dilata as narinas. Os corpos se cansam para a carícia da grama.
Aos domingos, Paris faz uma visita á natureza.

3. santidade

Flores vermelhas pintam os ramos altos dos castanheiros. Parques e castelos. Completando a paisagem passadista, carneiros unidos e parados.
Calvários de pedra e madeira anunciam Lisieux. Pregado em cruzes diferentes, numa encruzilhada ou á sombra de um plátano, Cristo pende a cabeça ferida, reproduz, de distância a distância, o mesmo espectáculo de martírio.
Terra que acalentou Teresa do Menino Jesus e lhe ensinou virtudes suaves. Nos campos de Lisieux, a discípula se fez boa. Sem pretensão: os os homens é que a fizeram santa.

4. descanso de dez minutos

O pitoresco normando de Pont-l'Evêque. Ruas finas, angulosas. Desenhos de madeira nos muros

pathé - baby

dos prédios. Os telhados vêm descendo, vêm descendo. Vêm descendo procurando o chão. Os beirais trabalhados são propriedade dos pássaros. Nas águas do canal as casas olham-se. Cheiro de mofo, bafo frio de porão fechado. Roupas domingueiras. No balcão roxo de glicinias, a mulher ergue o filhinho nos braços. O padre, na calçada, não acerta com o bolso da batina.

5. deauville

Casario envernizado. Campos de tennis. Jardins e modistas.

Não se vê ainda. Mas se adivinha para logo o francês mulherengo, monóculo suspenso nos dedos enluvados, mesuras para cá, mesuras para lá, deante da estrangeira rica:
— Oh! madame, quelle robe ravissante!

E a norte-americana, montra de pérolas e brilhantes, mostrando as ondas com a bengalinha.
— Beautiful! Oh! Oh! Wonderful!

E o argentino bonito (que as prostitutas sustentam), e a duquesa russa, e o príncipe indiano, e o grupo de ingleses basbaques tendo á frente, de dedo espetado, um guia da Agência Cook:
— This is the Casino.

O verão verá tudo isso.

p a t h é - b a · b y

6. saudade

Pelas ruas de Trouville vasia, o automóvel passeia um bumbo e um clarim. No boléa, aos grítos, o palhaço anuncia a funcção. E o clarim: tátarará! E o bumbo: bum-bambum! Oportunidade para um italiano berrar: *Si puó? Si puó?* E, sem esperar resposta, desandır por ai afóra.

Mas deante do auto que avança aos bocadinhos, é a voz da saudade brasileira que lembra dentro da gente:
— O paiaço que é?
— E' ladrão de muié!
O automóvel passa, desaparece, levando o bumbo, o clarim e o palhaço.
A saudade não passa:
— Hoje tem goiabada?
— Tem, sim sinhò!
Ah! o palhaço montado de través no seu cavalo, as negras arregaçando a beiçorra á porta das casas, a molecada correndo, delirante!
POUR LES ENFANTS, ALLURE MODERÉE.

7. antiguidades

Em Dives-Sur-Mer, onde termina a rua d'Hastings, indicando o ponto de que partiu Guilherme para conquistar as terras de além Mancha e o título de conquistador, há uma placa e uma maravilha.

A placa é uma placa. A maravilha é a Hostellerie de Guillaume le Conquéreur.

— Voici Mr. le Rémois.

Mr. Le Rémois é hoteleiro e artista. Velhinho e feliz. Vai mostrar a casa.

A sala de jantar narra, nos vitrais coloridos, a história gloriosa da estalagem. Antes de mais nada, o bota-fóra guerreiro do conquistador, espadagão na dextra. Depois, Henrique IV, que ali dormiu uma noite. O mesmo fez Maria de Médicis e êsse facto notável o vitral seguinte regista em côres bem vivas. Agora, é a vez de Luiz XIII, outro freguês coroado. Ao lado, Mme. de Sevigné. Coçando os cabelos, Mr. Le Rémois repete palavra por palavra o trecho da carta em que a United Press do século XVII (*Comunicados epistolares*) conta á filha que na Hôstellerie sujou uns lençois (ela tambêm), regaladamente. E passa adeante para mostrar uma velhinha cercada por carões conhecidos e pela gaforinha de Dumas, pai.

— C'est le portrait de ma mère...

O filho reuniu no mesmo vitral literatos amigos da casa e da mãe.

Nas paredes, sôbre os móveis, descendo do této normando, estatuetas, colunas, pratos, làm-

p a t h é - b a b y

padas, utensílios. Cada objecto tem a sua história. E o seu historiador, que é Mr. Le Rémois.
Deante da Virgem Mãe sem braços e negra, com o Menino Jesus grudado no ombro esquerdo, o velhinho, concentrado, balbucia a biografia da imagem e a narração de seu encontro. Cabeça trêmula, mãos trêmulas, Mr. Le Rémois aponta um suporte de ferro batido sustentando uma lâmpada de dez séculos. E recita, com voz de prece, a história do suporte.
— Il était là, parmi les tombes d'un cimitière de village, auprès d'une petite église...
Mr. Le Rémois passa, vê aquela preciosidade como cousa morta entre a gente morta, e vai logo á sacristia da igreja confabular com o vigário.
— Voyons, mr. le curé, c'est un crime, un grand crime, de laisser cette merveille lá...
Depois vem o fecho da história:
— Je l'ai payée cinq francs...
Mr. Le Rémois sorri.
Beirando o páteo Luis XIV, florido, continua o museu: desenhos originais de Gavarni, gravuras velhas, autógrafos graúdos, versinhos apimentados, inscrições sugestivas.

RÉJOUIS TOI
MON VENTRE,
TOUT CE QUE JE GAGNE
C'EST POUR TOI.

pathé - baby

Sereno, alvo, contente, entre tulipas e antiguidades, Mr. Le Rémois fala das suas viajens.
Tres espanhois mais tres espanholas são seis gramofones de corda infinita em torno de uma mesa de refrescos.
O velhinho vem á porta da estalagem. Tudo é azul: o céu, o mar, os olhos de Mr. Le Rémois.
— Bonjour! Bonjour!
A mão enrugada, erguida um momento, volta á barbicha côr de espuma.

Maio de 1925.

6.
londres

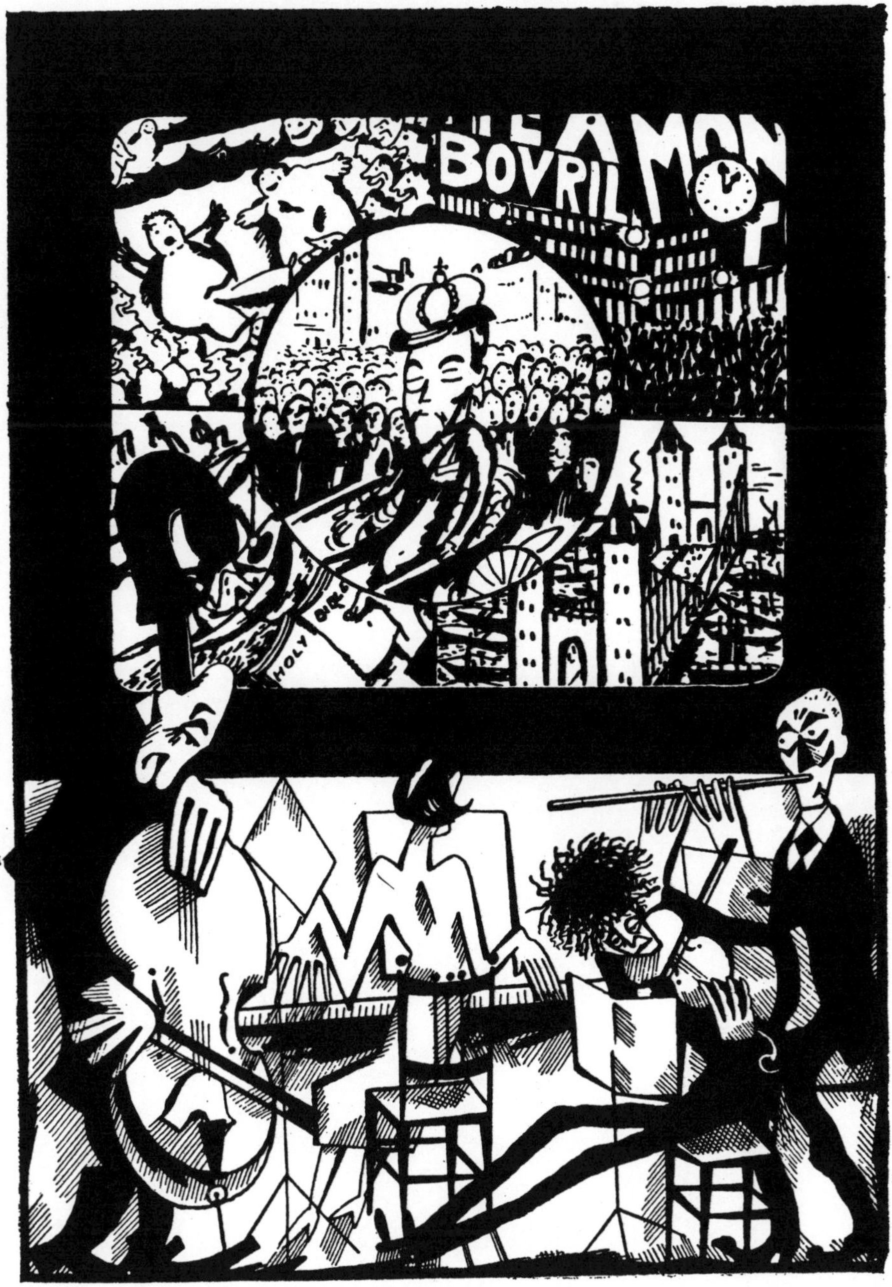
BOVRIL

pathé-baby

1. charing cross

O Criterion despeja na confusão do Piccadilly Circus mantos de zibelina com colares de pérolas, smockings com claques, caras raspadas com monóculos, cabeças louras com diademas. Os ónibus vermelhos de dois andares cruzam-se, esfregam-se, enfileiram-se. A multidão errante cobre a Regent Street. Senhor do trânsito, o guarda de um metro e noventa faz com as mãos enluvadas geometria no espaço. O ruído é um atropelo de mil sons diferentes. Os cafés sorvem a gente que sobra das calçadas. Mas a gente não diminue. Coventry Street lateja como um vaso cardíaco. Motoristas de chapéo côco ridicularizam taxis acrobáticos. Um cab passa sumido como o passado. Mulheres vendem flores por obrigação. Indianos de olhos imensos reunem turbantes deante da Corner House. O cégo de óculos pretos está bêbado com certeza. O moço míope só vê a beleza tropical que enlaça.

Os anúncios luminosos, galgando os prédios, policromos, despencando dos últimos andares, travessos, rodando, piscando, ágeis, desaparecen-

pathé - baby

do á direita, surgindo á esquerda, subindo, descendo, indo, vindo, LEARN LANGUAGES AT BERLITZ!, MAZAWATTEE TEA, DO YOU COMPOSE?, BOVRIL, MONICO, põem na téla desigual da multidão que não pára pinceladas de Léger e Delaunay, vermelhas, azues e verdes, depois de novo verdes, azues e vermelhas. A National Galery extende a fachada encarvoada. E emquanto Trafalguar Square reflecte a vida de oito milhões de vidas (a coluna de Nelson é o bastão que dirige a circulação do mundo), o escocês de saiote, nas escadarias de Saint-Martin's in the Fields, tira sonzinhos pastoris da cornamusa.
Uma da madrugada.

2. humorismo

4 — WILLIAM BURR and DAPHNE HOPE

The lovers
In "A Belle, a Beau and a Balcony".

Na luz dos reflectores a fumaça dos Virginia sobe, rasga-se, evolue. Decotes vermelhos. Casacas. Casacos.

pathé-baby

O casal entra em cena. No Alhambra, sem lugar vasio, o silêncio provoca a tosse dos constipados.

Na segunda fila de poltronas, o lourinho...
— The lovers, my love...
... aperta a mão da lourinha. A bengala rola no tapete.

O homenzarrão enche o canapé do palco. A mulherona, vestida de quiosque, acende o cigarro. São cómicos. O público acha. Ri. Ri. Ri.

William (sorrindo) — V. tem lenço?
Daphne (ingenuamente) — Tenho sim.
William (com ironia) — Pois, então, assoe-se!

Delirio. A alegria bate palmas. Engraçadissimo.

Animado, o casal continua. As gargalhadas são uma só gargalhada.

William (misterioso) — Ontem, no Piccadilly, um tipo pediu o cardápio, pensou, pensou e encomendou palitos...

Daphne (divertida) — E depois?
William (esfusiante) — Serviram-lhe uma bofetada!

O riso do teatro compõe o final de um concertante italiano.

— Oh! Oh! Ah! Ih! Oh! Oh!
E aplausos.

pathé - baby

William ergue-se. Resvala. Esparrama-se no tapete.
— Quá! Quá!
William levanta-se. Escorrega. Estende-se no chão.
— Quá! Quá! Quá!
William equilibra-se. Deslisa. Cai com o panno.
— Quá! Quá! Quá! Quá!
Ovação.

3. quadro de vistas simultâneas

No centro, o vapor apita e a Tower Bridge escancara-se. A' direita, sôbre o oceano de telhados se espraia a fumaça suja das fábricas. Em baixo, a multidão tapa as calçadas. Vendedores ambulantes. Berros. Rangidos.
Londres ofega como um motor. A' esquerda, o que faz tanta gente? As dócas são o iman das embarcações. Os guindastes gemem, no fundo. E' dos Tubes o ronco surdo. O ar cheira gazolina. Confusão. Dinamização. Civilização.

4. good save the king

O saguão rubro-azul do Savoy Hotel é uma aula da escola Berlitz. Os elevadores sobem ar-

p a t h é - b a b y

gentinos e descem japoneses. Cartolas cinzentas.
Angú internacional. Polainas brancas. Dois persas
pedem Apollinaris em francês. Sujeitos de fraque
recebem gorgetas. Inglêsas sardentas. Com exagero.
O tenor italiano faz barulho. Cartões postais.
Fardas da Agência Cook. Fumo. O porteiro comanda.
Pela porta do salão de chá as notas do
Guarany (tan-tan-tararam tan-tararam) entram,
perdem-se.
    Todos levantam-se. Precipitam-se. Correm.
O homem dos automóveis:
    — The King!
    Na Strand Street, Jorge V, vestido de burguês,
dentro da victória, passa em revista a fidelidade
dos subditos. Os granadeiros da guarda nem piscam.
As calçadas agitam chapéus e lenços. As sacadas
espiam.
    Em cada olhar de inglês há um orgulho e um
contentamento. Britânicos.

4. hyde-park

    O verde é macambúzio. Só há flores nos chapéus
das mulheres. Elegantes de sapatos amarelos
e cartola. Bulldogs enfatuados. O esfarrapado no
banco lê os anúncios do *The Evening Standart*.
    Pela Ring Road se desenrola a cauda dos au-

pathé-baby

tomóveis. Passo de parada, os cavalos dão importância aos cavaleiros.

No Serpentine River, os botes que os moços alegres manobram têm na proa uma rapariga e um gramofone. A inveja dos basbaques apura os olhos, nas margens, e comenta. Há sujeitos tristes. tristes, de cachimbo apagado.

Em torno do pavilhão de chá, as mesinhas verdes reunem gente contente. A orquestra toca o *Tea for two* para ninguêm ouvir.

No gramado escovado, vultos sentados jogam o sério com o céu. Cachorros bem educados cumprimentam-se de longe. A tarde (a bola da criança bate na careca do pastor) cai como uma folha.

Maio de 1925.

7. milão

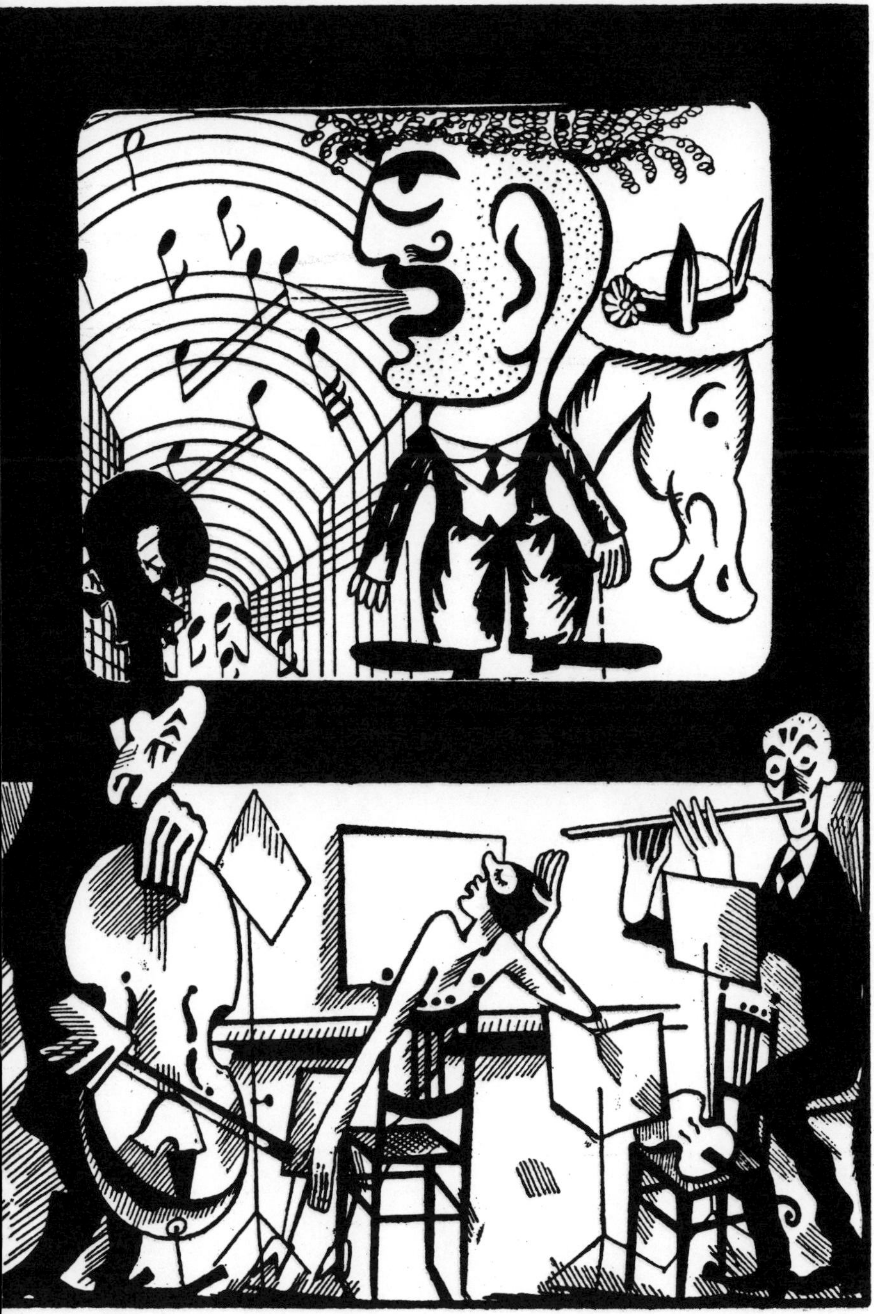

pathé - baby

1. compêndio urbano

Pela Galleria Vittorio Emanuele Milão gira. Italianas lindas. A qualquer hora. Alugáveis ou não. Olhos de tragédia. Atitudes cinematográficas de mulher fatal. Homens caricatos. Elegância desopilante. Não usam chapéu: usam juba. Formidável. Os cabelos formam chumaço. Calças sacos. Os paletós param inesperadamente. Bengalinha em punho, os terríveis com o olhar despem e apalpam as mulheres. Reunem-se em grupos, riem e cantarolam, gesticulam, berram, cospem e assobiam. A Galleria é bolsa, exposição e mercado de artistas. Ambiente de caixa de teatro. Cantores sem contracto. Maestros cabeludos. Coristas sebentos. Um só assunto: canto. Deante do tablado das orquestras, á porta dos restaurantes, soldados, velhos e criados assobiam Puccini. Carabineiros carnavalescos, aos pares (um alto e um baixo, um alto e um baixo). Floristas velhas oferecem cravos ás damas acompanhadas. Parada de galões e de fardas. Meretrizes das imediações do corso Vittorio Emanuele.

pathé-baby

— *L'Ambrosiano! La Sera! La Sera!*
Mulheres grávidas, de andar solenissimo. Todas as gravatas masculinas são vermelhas. Todos os pés femininos são de anjo.

2. derrota brasileira

O moço forte senta-se no tamborete, desperta no teclado sons trepidantes, e a salinha escura, perdida no quarto andar da Via Caiazzo n. 32, ganha côr auri-verde.

As notas brasileiras escapam pela janela. No ar verdiano de Milão a harmonia cabocla põe um cheiro tropical de mata húmida.

Como essas figurinhas que a cinematografia norte-americana faz sair do fundo de uma taça ou de uma pupila, de dentro do piano pulam dois sertanejos repinicando violas. Começa o desafio. Os dedos de Francisco Mignone pintam a noite enluarada, o terreiro fervilhando, a torcida da assistência caipira. Esgrima de sátira e lirismo. Um dos troveiros, súbito, hesita, tamborila á toa na caixa do violão, atrapalha-se, emudece. Chiquinha Peito de Rôla suga os labios do vencedor. O vento mistura a gritaria da caipirada e a música da floresta.

p a t h é - b a b y

Di quella pira...

O sapateiro do andar térreo quebra o milagre da visão brasileira.

...'l orrendo fuoco...

O compositor, suspirando, fecha o piano.

3. notabilidades amestradas

Na Piazza di S. Fedele, ao lado de Manzoni, o homenzinho comanda os pombos.
— Mussolini! Mussolini!
Destacando-se do grupo inquieto, que bica o chão, Mussolini agita as azas e vem receber a sua bolota de pão.
O homenzinho diz com doçura:
— Adesso, Maria Melato!
Fancesca Bertini acode ao chamado. A voz, com energia, repete:
— Maria Melato!
E a dextra aponta a faltosa.
— Maria Melato! Ma-ri-a Me-la-to!
Emfim, Maria Melato ouve e obedece. Como castigo, o homenzinho exige:
— Ancora, Maria Melato!
A ave pousa na mão que a repulsa.
— Ancora, la Melato!

pathé - baby

A pobrezinha volta, humilde, humilde.
— Adesso, Herminio Spalla!
Herminio Spalla dá um empurrão em Mascagni, belisca os dedos do domador e desaparece por trás da Chiesa de San Fedele.
— Adesso, la Duse! No. La Duse! Eleonora aproxima-se.
— Va! D'Annunzio t'aspetta!
Eleonora desce e une-se a um pombo de penas arrepiadas.
— D'Annunzio!
Lá vem êle.
O grupo em volta, pasma. O homenzinho, mansamente, continua.

4. regosijo nacional

Sete de Junho. Bodas de prata do rei com o trono. Embandeiramento patriótico dos mastros, dos veículos, dos balcões, das montras, das lapelas. Espetada em tudo, a bandeira tricolor. Gritos de cartazes: VIVA EL RE! VIVA IL FASCIO! VIVA IL DUCE! Taratá-tchim-bum de bandas ambulantes. Camisas pretas. Cada peito de oficial é um anúncio de estabelecimento fabril premiado em cincoenta exposições universais.

p a t h é - b a b y

Atrás do hino fascista, cortejos encaminham-se para o monumento aos mortos de 48. Suando em bica, os manifestantes assumem um ar heroico. E berram:

Giovinezza, giovinezza,
primavera di belle-e-e-zza!

Um mutilado bigodudo troveja de instante a instante:
— Evviva il Re! Evviva Mussolini!
Entusiasmo de 32.º á sombra. O retrato do rei, na montra de um fotógrafo, descobre a multidão. A chupeta festiva de uma criança arvora na ponta um laço de fita tricolor.

5. aspecto

Ao pé da estátua de Vittorio Emanuele (hediondez equestre), os bondes amarelos se esvasiam e se enchem.

As azêmolas dos carros e das carroças, fugidas de um album de Benjamin Rabier, usam chapéu de verão. Algumas com direito a guarda-pó.

Os cachorros são infelizes: têm focinheira. Não ladram nem mordem. Vingam-se, êles sabem como. O corcunda, que de esguicho em punho rega prodigamente a praça, tambêm sabe.

pathé - baby

O calor pesa na praça.

Nas escadarias do Duomo, vendedores de camafeus e cartões postais são sarna dos estrangeiros.

Na ponta da flecha rendada, a Madonina de ouro olha-se no sol como num espelho.

Junho de 1925.

8. veneza

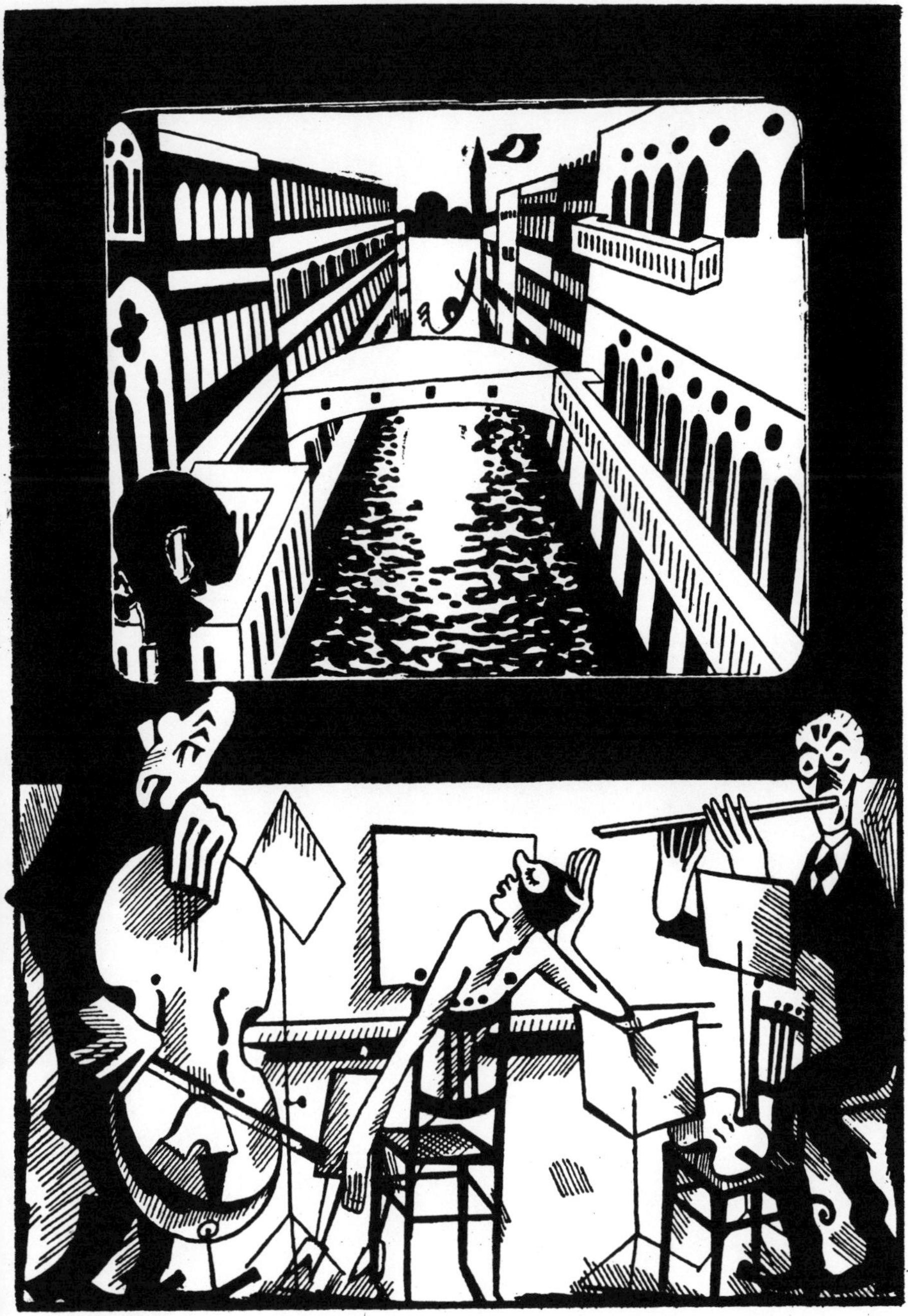

p a t h é - b a b y

1. país da música

Do alto do Campanile, fogos de Bengala ensanguentam a noite. As pombas disparam. E a multidão vermelha, ondulando na praça, estoura em aplausos.

Os palácios abrem mil olhos brilhantes. Os cavalos da Basilica puxam um carro fantástico de carnaval em que explendem cúpolas.

Sobre a cabeça branca, no centro da praça, treme uma batuta.

Os pedidos de silêncio engrossam o ruído que sobe e desce.

— Cinquanta centesimi il programma del concertone! Dicci soldi il programma!

A banda luta contra o vozerio. Vence-o com o estridor dos metais. As notas esvoaçam sôbre dez mil cabeças inquietas.

— Ma che razza di musica é questa?
— *Ouverture nell'opera "I maestri cantori".*
— Ah! si capisce. Roba wagneriana.

A sinfonia ganha espaço, bate asas, toma toda a praça, transborda para o céu roxo.

As espadas dos oficiais prendem a renda dos chales femininos. Choradeira infantil. Bandejas de

pathé-baby

refrescos. Abalroamentos. A pituitária estrangeira sente indisfarçavelmente a aversão nacional ao banho. Toscanos fumegando. Os braços do maestro fardado fecham-se em cruz. Um grupo de escoteiros alemães bate palmas meditabundas. Só. Dez minutos de agitação berrante. De novo, a batuta se movimenta. Silêncio de parlamento (brasileiro, por exemplo). Governamentalmente completo. Estúpido. O *Inno al sole* da *Iris* desfere as primeiras notas. Segreda. Aos poucos, inflama-se. A melodia toma corpo. Apressa-se o ritmo. As notas galopam, atropelam-se. Cento e cincoenta vozes unem-se á orquestra. Estardalhaço mascagniano. Na noite quente parte para o céu a oração tumultuosa que o sol deus não ouve. A batuta sobe, tremendo. E o hino cresce. E o hino estronda, cascatea, vocifera.

Pára.

O entusiasmo italiano da multidão rompe um tiroteio de aclamações. As mãos estalam. As bôcas explodem. Docemente, o velhinho inclina a cabeça côr de açucar.

Repete-se o hino. Encerra-se o concerto.

— Gelati! Gelati!

Descem pombas no coreto abandonado.

p a t h é - b a b y

2. país do canto

Marcando o centro do cenário imutável, o palco estaca. Lanternas venezianas avermelham e esverdeam cantores e orquestra. Limites do teatro, a Isola di S. Giorgio Maggiore é uma sombra erguida e a ponta da Dogana avança macilenta. Por detrás da Libreria Vecchia, o Campanile silencia para ouvir. Em segredo, as gôndolas chegam, coleando sobre a agua lisa.
— *Aida!* Grande aria per tenore!
O Radamés de palheta inicia a exaltação da celeste amada. Das gôndolas inquietas a assistência olha, no céu, o infinito. A velhinha do violino desafina. Ronco longínquo de sereias. Tem ar de frade o homem do contrabaixo.
Orquestra para a direita; tenor para a esquerda. Separam-se. Nunca mais se encontram.

Un trono vicin'al sol!

O peito de Radamés estufa-se. A garganta repete em agudos:

Un tro-no vi-cin' al soooool!!!

E a dextra aponta a lua.

p a t h é - b a b y

Palmas dos gondoleiros. O director da companhia corre pela assistência o pandeiro que recolhe as liras.
A pedido do dinheiro norte-americano, um realejo vesgo esganiça:

> Io cerco la Titina,
> Titina, ah, Titina!

O céu é o galinheiro apinhado.

3. ronda nocturna

A gôndola preta caminha como uma assombração. No silêncio índigo.
— Premi, ôh!
O grito do gôndoleiro acorda o éco morto. As águas do Canal Grande escorregam entre os palácios brancos.
Chegam fantasmas, como mensagens soltas de T. S. F. Povoam os balcões. Choram no canal as paixões vividas. E' a parada nocturna dos amantes de Veneza.
Do terraço do primeiro Palazzo Giustinian, Musset, vinte e tres annos louros de poesia e amor, debruça-se sobre a noite sombreada. Cisma.
Tres golpes macios de remo. E, entre o rendilhado ogival do Palazzo Contarini Fazan, Desde-

p a t h é - b a b y

mona entrega os cabelos côr de ambar a lascivia do negro. A cúpola da Chiesa della Salute é o reflector da cena shakspeariana.

Para a cazinha de d'Annunzio, sob um capuz de hêra, Eleonora, de seu palácio fronteiro, estende as mãos de tragédia.

A gôndola insinua-se sob a Ponte di Ferro dell'Accademia.

No Palazzo Giustinian-Brandolin, um alemão triste ouve a música do silêncio e plasma com a saudade de Matilde o dueto de *Tristão e Isolda*. Com a lâmina do suicidio nas mãos criadoras, Leopold Robert delira entre as colunas jônicas do Palazzo Pisani.

A alvura funérea dos marmores. A impassibilidade morta das águas. O pigarro do gondoleiro.

Do portão gradeado do solar dos Mocenigo, Byron pula na gôndola de Tita, para ir cavalgar nos pântanos de Lido amaldiçoando as estrelas. As voluptuosas do serralho colam pupilas de febre na vidraça das janelas.

Marina Querini Benson espera nua, no Palazzo di S. Benedetto, o amante da noite.

Sombras lacrimosas. Frêmitos de sombras. Sombras sofredoras.

O Palazzo Vendramin levanta a magestade enluarada de tres andares renascença.

pathé - baby

In questo palaggio
l'ultimo spiro di Ricardo Wagner
odono le anime
perpetuarsi como la marea
che lambe i marmi.

G. D'ANNUNZIO.

Gôndolas cobertas de luto esperam o caixão. A *Marcha fúnebre de Sigfried* o anuncia. O cortejo parte (o vento de tempestade uiva sinfonias) oscilando. O Canal Grande balança o cadáver que vai para a Alemanha. Cosima está vestida de preto. Com lágrimas.

— Stai, ôh!

O canal estreito lança um hálito de ácido sulfídrico. O ar arde em febre. As águas acariciam os muros. O luar caia um cemitério.

A gôndola segue como um ladrão, uma cobra, um destino anónimo. Despercebidamente.

— Premi, ôh!

Na ponte dell'Olio vozes bêbadas acompanham um violino.

— Stai, ôh!

A lua desenha no Rio di S. Marina um baile sinistro. Há sacís emigrados de capas espanholas. Mulheres bifrontes maxixam com fascistas. Das casas desce limo.

p a t h é - b a b y

— Premi, ôh!
(Porque êste desejo grandíssimo de chorar?)
No Rio di Palazzo, morcegos beijam bôcas invisíveis.
A Ponte dei Sospiri é trágica. Mas a Ponte della Paglia tem japoneses debruçados.
— Premi, ôh!
Pondo mais tres estrelas no céu um aeroplano iluminado sobe do Lido e rodopia sobre a cidade em decomposição. No Bacino di S. Marco joga um fogo de artifício vermelho, azul, dourado. As águas sorvem-o.
(Porque èste desejo grandíssimo de rir?)
A lua é uma careca!
— Stai, ôh!... ôh!...

Julho de 1925.

9.
florença

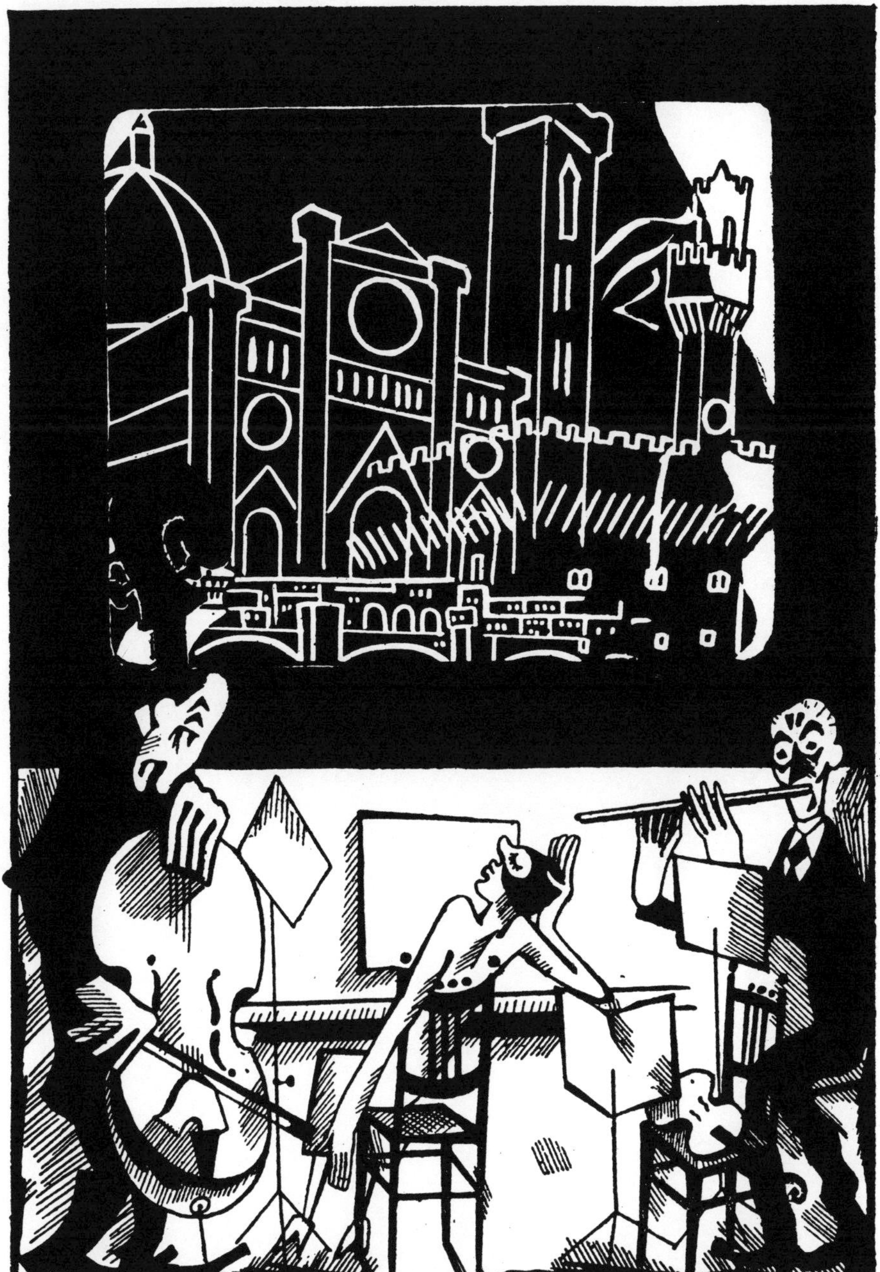

p a t h é - b a b y

1. posteridade

Florença faz da *Divina Commedia* o seu Baedecker. Sobre o pórtico dos palácios, nas esquinas das ruas, á entrada das pontes, nos ângulos das igrejas, o Alighieri dá sempre uma indicação poética e útil. Os decasílabos do gênio são o guia histórico-prático-rimado da cidade. Falta só uma tradução em inglês ao lado das lápides. Evitaria o feio embaraço britânico, na Piazza San Giovanni, deante do:

Se mai continga che'l poema sacro,
. . . .
Vinca la crudeltà....
. . . .
Con altra voce omai, con altro vello
Ritornerò poeta, ed in sul fonte
Del mio battesmo, prenderò 'l cappello.

Dante, Par., XXV, 1-9.

Ou deante da placa Portinari, no Palazzo Cepparello:

pathé-baby

*Sovra candido vel cinta d'oliva
Donna m'apparve, sotto verde manto,
Vestita di color di fiamma viva.*

Dante, Pur., XXX, 31-33

Ou no limoso canto Ponte Vecchio-Via Por S. Maria:

......*'n sul passo d'Arno.*

Dante, Inf., XIII, 146.

Isso porque Dante é maior do que Florença. Ao lado de Beatrice, *gentil madonna,* é vendido em mármore, bronze, couro e papel. Em todas as montras, entre sabonetes e cartões postais, oferece o nariz enérgico, a bôca amarga, o queixo duro. Custa ás vezes vinte cêntimos. A's vezes não vale.

Perto da Badia Fiorentina, num paredão escuro, há esta placa:

........*Io fui nato e cresciuto
Sovra 'l bel fiume d'Arno alla gran villa.*

Dante, Inf., XXIII, 94-95.

Ali nasceu o Divino. Imortalidade de Florença. Ganha-pão dos florentinos.

pathé - baby

Não é certo, porêm. Ou melhor: é certo que não é. A casa dos Alighieri desapareceu. A única lápide dantesca justificável marca úa mentira.

2. viajem de estudos

Entre vilas de princesas russas e inglesas protestantes, a estrada colea, subindo, até Fiesole.

. . . .

O guia de nariz vermelho vai dizendo o que sabe sobre o Teatro Romano.

— Siamo nella cosi detta *cavea*.

Degraus carcomidos. Musgo. Moscas.

— Laggiù era il cosi detto *pulpitum*.

Era. Há vinte e dois mil anos.

— Queste sono le cosi dette *termae*.

Cousa nenhuma.

Operários esgaravatam a colina. Pedras soltas. Grilos. Lascas de colunas. Dez centimetros quadrados de mosaico.

(Dizem que são muito instrutivas as visit ι aos monumentos da antiguidade romana).

. . . .

Entre vilas de princesas russas e inglesas protestantes, a estrada colea, descendo, até Firenze.

pathé - baby

3. tesouro de preciosidades

Na Galleria degli Uffizi, visitantes domingueiros arrastam os pés. Compõem um ar entendido deante da Venus lambida, manjar branco sem açucar, da *Nascita* botticelliana. Empanturram-se com as mil e uma variantes da *Vergine col bambino*, com ou sem acompanhamento de santos; da *Madonna in trono*, só ou não, bonita ou feia; da *Adorazione dei Magi;* da *Annunziazione;* da *Sacra Famiglia;* da *Deposizione;* da *Assunzione;* da *Crocefissione*.

Durante séculos, Taddeo Gaddi ou Domenico Veneziano, fra Filippo Lippi ou Sandro Botticelli, Raffaello Sanzio da Urbino ou Michelangelo Buonarroti, Ridolfo del Ghirlandaio ou Andréa del Sarto, geniais ou mediocres, dão a impressão de haverem frequentado o mesmo curso de pintura. Seus directores, papas ou nobres, os obrigaram a reproduzir modelos idênticos, cem vezes copiados, mil recopiados. Até não poderem mais.

As galerias italianas negam a invenção humana. Meia dúzia de assuntos em meia dúzia de séculos. Afirmação de arte ou afirmação de fé? O poema cristão transformou-se em lugar-commum pictórico.

Os olhos modernos saem ansiando por uma tela dinâmica e liberta de Léger.

pathé - baby

Inglesas de óculos compram reproduções da *Venere* com muque de Lorenzo di Credi (discutindo o preço). O *Satiro danzante*, quatro séculos mais velho do que Cristo, saracotea para um grupo de recrutas.

Na Piazza della Signoria o sol ilumina brasileiros gordos.

4. engorda

Rouxinois trinam, na solidão encastelada da Certosa del Galluzo, para vinte e quatro monges contempladores.

As celas-tombas dão para o claustro-cemitério. Os frescos de Poccetti põem sombras apagadas nas paredes nuas. Zumbidos no silêncio cheio de sol. Perfume doce.

Sacudindo o hábito branco, diz o padre balofo (que olhos tão vasios!):

— Da venticinque anni che non mangio carne E sono grasso lo stesso...

Afaga a pança tremelicante. Ri. Ri. E aponta uma porta envidraçada:

— Li é la nostra piccola fabrica di liquori e cioccolato.

Está justificada a pança.

pathé-baby

O perfume doce é dos jasmineiros floridos. Parece S. Paulo.

5. concerto

Sobre o Arno calado as pontes são parábolas brancas.
No Lungarno Americo Vespucci vultos negros afinam bandolins.
Para ouvi-los, as janelas abertas dos forasteiros põem trapézios de luz na fachada dos hoteis.
As estrelas furam buracos dourados no céu de papel.
Namorados enlaçados recolhem das Cascine com preguiça e beijos. O ronco de um ónibus atravessa a Ponte alla Carraia, e afunda no silêncio.
Avança a serenata, com sons tristes.
Mia um gato e o corcunda canta. *Scettico blues*. A melodia italiana latiniza melancolicamente o rítmo norte-americano.

Quando il mio primo amore
mi sconvolse la vita...

A voz do corcunda lacrimeja. Grave e quente. Exala alma. Os bandolins tremem mais alto.

... bacci, lusinghe, carezze, promesse,
illusion...

pathé - baby

Outras janelas se abrem com gente debruçada. Cocheiros de chapéu de Chile formam um montão pigarrento. O corcunda acende, na pausa reticenciada, um Macedonia. Põe desprezo na garganta e termina entre fumaça:

... io come il fumo
li sperdo nell'aria... cosi!...

Camisolas pingam liras do alto. A serenata recolhe as liras e segue.
Senhor do silêncio, o gato mia fortíssimo.

Julho de 1925.

10.
bolonha

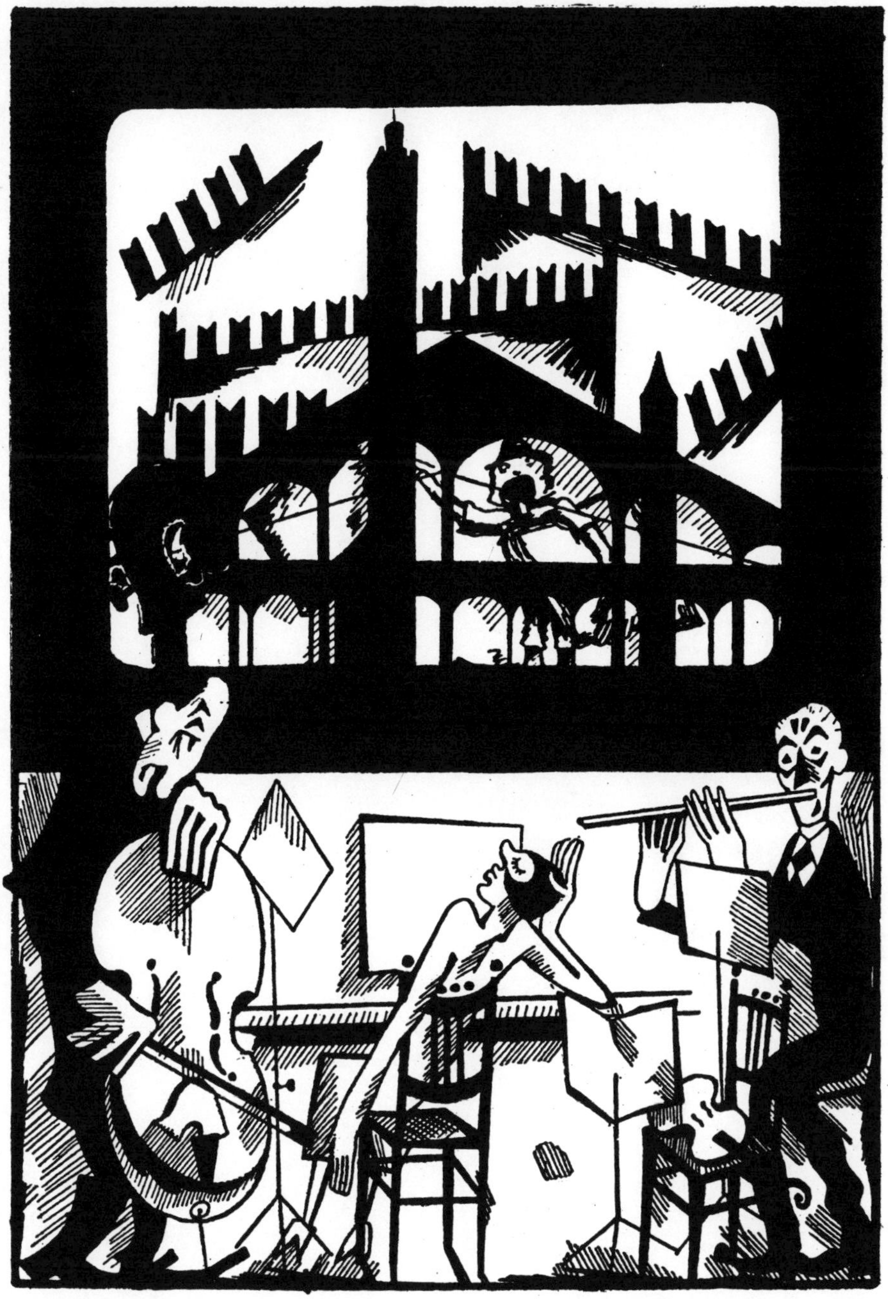

pathé - baby

Economia de guarda-chuvas. Pórticos e arcadas são túneis sôbre as calçadas. Pompa da arquitectura trescentista. Quatrocentista tambêm.
Os cinco palácios (Comunale, dei Notai, del Podestá, del Nettuno, del Re Enzo) monumentalizam o centro. Os homens circulam pequeninos.
No Caffé-Concerto Excelsior, artistas interrompem as cançonetas para acenderem cigarros nos fósforos galantes da assistência. O maestro acha graça.
Que cheiro tão italiano!
Peregrinos da Baviera, em marcha militar, trovejam ladainhas guturais na Via Indipendenza.
Os pórticos aligeros da Chiesa di S. Maria dei Servi. A fachada desarmônica da Mercanzia. Mandibulas atroadoras, evidentemente nacionais, chocam-se no Caffé S. Pietro.
Do Piazzale della Chiesa di S. Michele in Bosco, kodaks britânicas retratam a cidade. A Torre Garisenda, velhinha cansada, inclina-se sobre a Asinelli, vertical audaciosa no azul. Cercando um perneta (o perneta sorri), mulheres lacrimejam no portão do Instituto Ortopedico. Música de uma oficina.

pathé - baby

— Bologna, mio caro signore, é bellissima!
Opinião de um cocheiro espinhoso. Com estalos de chicote.
— *Il Resto del Carlino! Il Resto del...*
Que cheiro tão italiano!

11. pisa

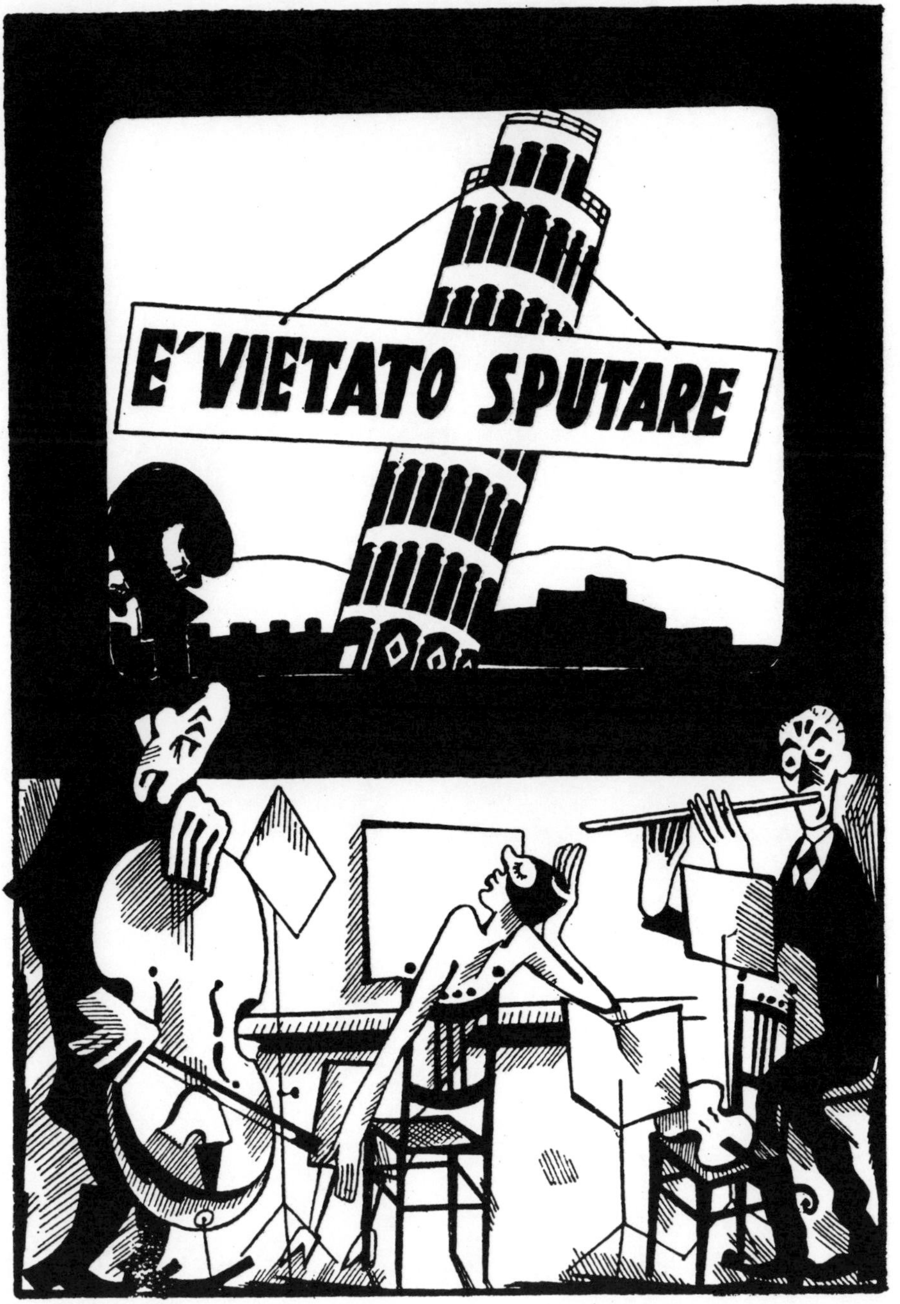
E'VIETATO SPUTARE

pathé-baby

O Campanile eterniza um passo de quadrilha caipira: finge que vai mas não vai. Para o chão. O guia mente como um guia.

— Titta Ruffo, quando piccino, ha lavorato nella mia officina di fabbro. Proprio lui!

A garganta do porteiro pálido é um orgão no Battistero fechado. Por duas liras.

No Duomo, o *Battista* de Giambologna, não tarda muito, sai andando. Efeitos de luz cênica no mistério das naves. *Si prega di non sputare.* Atrás do altar da Cappella del Sacramento, Eva exibe cadeiras assustadoras. Pasmo amarelo de dois japoneses. Cheiro frio.

O Camposanto é galeria de pintura soberba. De uma bôca torcida, no *Trionfo della Morte* de Francesco di Traino, parte uma alma de cento e vinte quilos direitinha para o inferno.

— Putto grasso: anima di vescovo.

A *Vergognosa di Pisa* espia a gravata auriverde de um espanhol. E cora. *E' vietato sputare.*

— Questo é il Palazzo dell'Orologio. Dove mori il conte Ugolino. Quello della *Divina Commedia.*

pathé - baby

Na Chiesa di S. Maria della Spina, tão pequenina, Jesus pequenino morde o seio que Nossa Senhora descobre, pequenino.
Discussão de dois italianos na Ponte de Mezzo. Tempestuosa. Acabam mal. E' agora a bofetada. Não. Berram ainda. E' agora. Ainda não. Um esfacela o outro. E' certo. Os dois se engolem. Fatalmente. Mais um berro e a desgraça se dá. E' agora! E não aparece um carabineiro! Que horror! E' agora! E' ago...
— Arrivederci. Tanti saluti a casa!
— Grazzie. Tante belle cose alla zia!
Amicissimos.

12. lucca

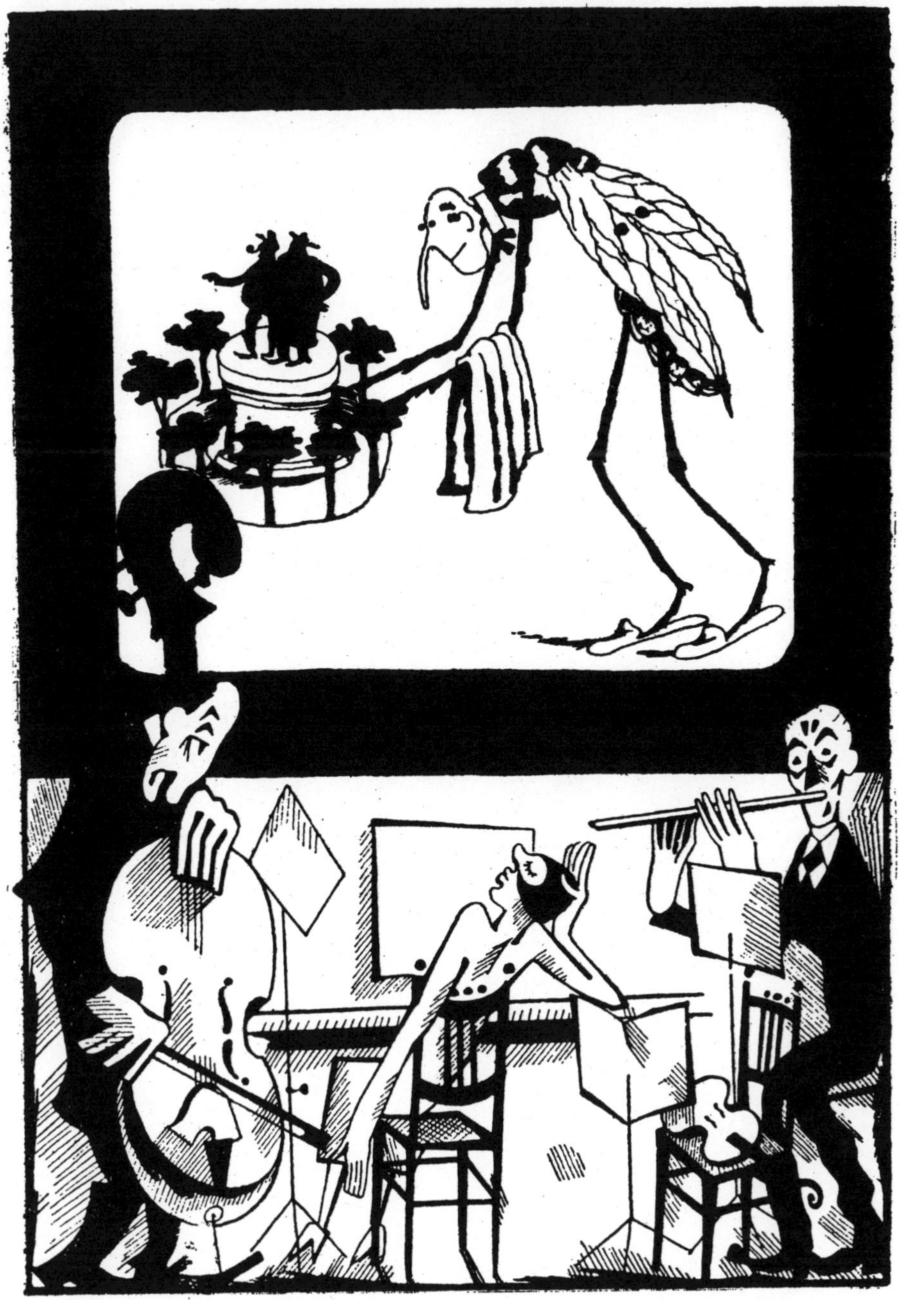

pathé - baby

Os muros arborizados dão um abraço verde na cidade.

S. Martinho, montado, na fachada da Cathedral, oferece metade de seu manto a um pobre. O cinzel de Jacopo della Quercia dá beleza perpétua a Ilaria del Carreto.

No R. Albergo dell'Universo, impressionante copeiro de casaca e chinelos serve espinafre em francês.

Sol. Ninguêm. Em Lucca, Giuseppe Garibaldi e Vittorio Emanuele II descansam de seu giro monumental pela Itália, em cavalos de bronze e rabo comprido. Enfrentam a posteridade (uma bobagem) de pé. Silêncio e pernilongos.

Só.

13. siena

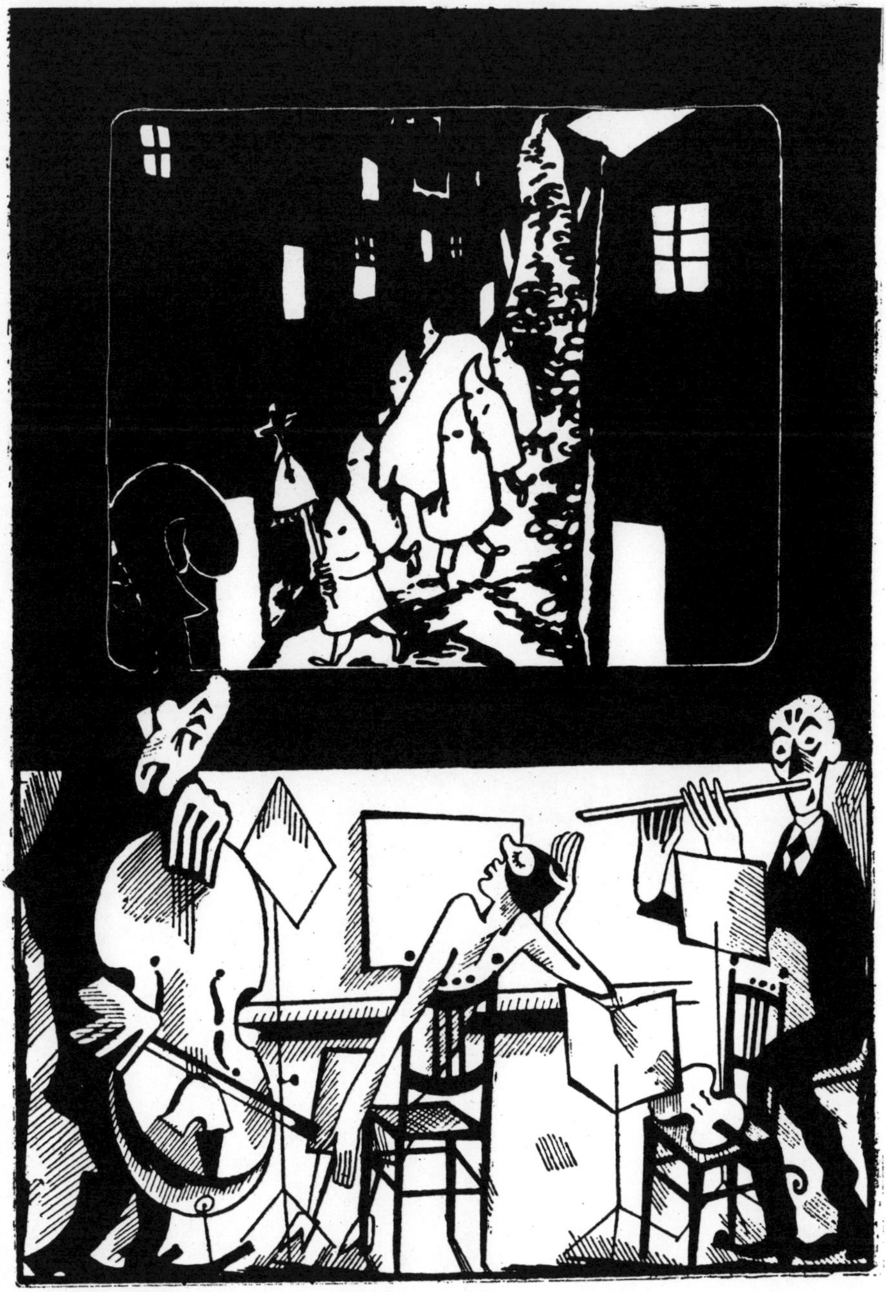

p a t h é - b a b y

Galga as tres colinas e pára no alto, muito branca do esforço feito.

A fachada do Duomo ri, alegre. O interior riscado de preto e branco é um prodígio de mármore. No pavimento de mosaico, norte-americanos pisam o gênio de Mecarino.

O Palazzo Comunale tem pescoço de girafa. Um louco sacode as ruas. Anda gente louca atrás dele.

ALBERGO E RISTORANTE LE TRE DONZELLE (*di sopra*), *del nuovo proprietario signor Teri Gino*. Uma família de estrábicos louros. PREMIATA FABBRICA DI PARAFULMINI. Há seis meses não chove. Luta de dois cachorros. O sol escorrega perpendicularmente. PURGANTOLO *é l'ideale dei purganti* (*non disturba affatto*). Moscas. Moscas.

Sobre os ombros de seis encapuçados, atrás de um encapuçadinho (o crucifixo treme na frente), um caixão enfunebrece a ladeira vasia.

Cisma triste de ciprestes. A noite cobre Siena como um chapéu preto.

Julho de 1925.

14.
nápoles

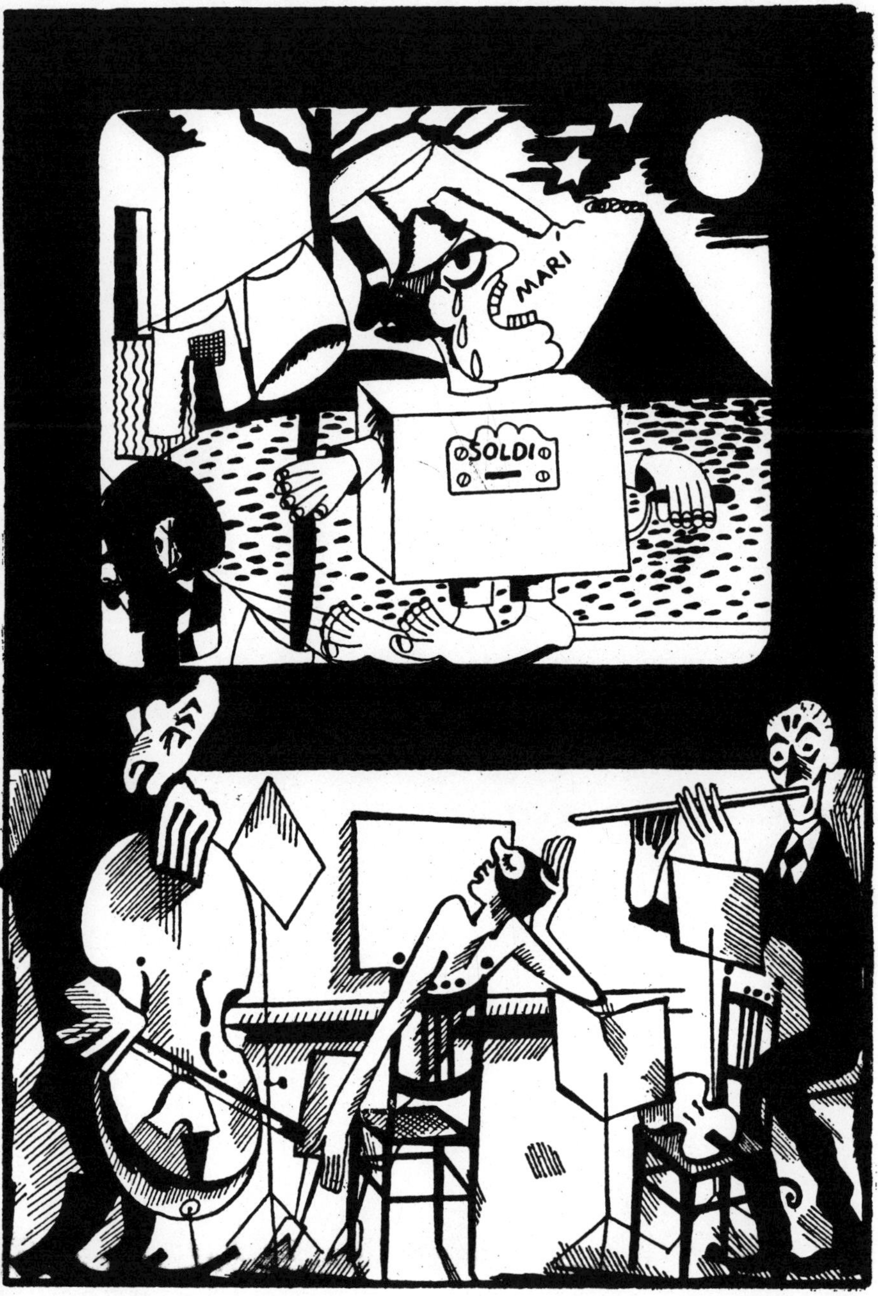
MARI
SOLDI

p a t h é - b a b y

1. passeio

Cortinas de pó. O automóvel, modelo 1908, abre-as pulando no calçamento execrável.
— Questa invece, Mossiú, é la via Caracciolo.
A estátua sem importância de Giovanni de Tal. As arvores da Vila Comunale usam vestidos de poeira. Carducci, sem pescoço, levanta, sufocado, fóra de uma coluna, a cabeça hugoana. Sol de braza marcando a fogo o mar de anil.
Moleques, bonecos de trapos, refocifelam em montes de areia. *E' vietata l'afissione.* CIOCCOLATO PERUGINA. Gritos de vendedores de refrescos. Puxando carrinhos com verdura, passam burricos de brinquedo.
O volante do calhambeque treme nas mãos imundas do motorista — Baedeker, sacudindo um corno enorme de madeira negra. Ao lado da bomba, a imagem de S. Cristóvão com esta súplica: *Fortuna assistimi.*
— Il palazzo di Donn'Anna.
Lambido pelo mar, o palácio tem quatro séculos de abandono.
O homenzinho espeta na piteira de pau um tôco de cigarro, acende-o, e recita a história do

p a t h é - b a b y

palácio e de sua proprietária. Terrível d. Anna! Messalina para peor. E quando enjoava de um amante (tremenda!)...
— ... lo buttava nel mare!
Cusparada de nojo.
A Strada Nuova sobe, entre árvores e vilas, sem perder o mar sempre mais baixo.
— Signorì, questo é Posillipo.

2. lixo

De longe o mau cheiro anuncia a podridão. Podridão que se vende, como peixe, na Piazza del Mercato. Os vendedores berram um berro cantado. Mulheres, manchadas de sujeira no rosto, nas mãos (os pés!...), escarram e gesticulam.
A seguir, Strada del Lavinaro. Sentina habitada. As casas unem-se no alto por varais coloridos. O vento balança as calças remendadas e os cobertores furados.
Cosinhas ao ar livre. Confusão de mostras de sapatos, de tabaco, de roupas, de verdura. Cheiro azedo de comida popular. Humidade pestilenta. Crianças núas pulando em poças de agua verde. Mulheres amamentando. Burricos. Fedor de aglomeração pública. Panelas de macarrão. Mixórdia de cortiço. Mãos magras, abaixadas, catando pe-

daços de pão e tôcos de cigarro. A *Traviata* fanhosa (tarari-tarará-tarari) de um realejo torto. Flores de papel. Imagens santas. Tascas.
— Signorì, tengo una bella guagliona.
Dois olhos lindos de miséria. Gestos obscenos. Pilhas de parmezão e grana. Blasfêmias compridas. Bandeirinhas tricolores. Cartazes. OMMAGGIO A MARIA S. S. DEL CARMINE! VIVA MARIA S. S. DEL CARMINE! Em baixo a carvão: *Morra!*
Uma velhinha corcunda dançando a tarantela ao som de uma orquestra de assobios garotos. Caçada desesperada de piolhos na soleira de uma porta. Algazarra e moscas. Pitoresco.
Saudade de creolina.

3. garotos

O mais velho tem uma cicatriz no queixo. O outro é estrábico. Vêm correndo. Param deante do Grand Hotel. Farejam estrangeiros no terraço.
— Mossiù, due lire, mossiù!
Oferecem cravos.
— Due lire, madama.
Insistem. Contam fome e miséria. Dizem graçolas. Fazem caretas. O menor, pés nús, calças presas com barbante, limpando no dorso da mão o

p a t h é - b a b y

ranho que alcança a bôca, pede cigarro. O inglês joga-lhe um tôco. O outro tambêm quer.
— Pé me, mister pé me!
Começa a dar cambalhotas. Dá uma, duas, tres. Espera a recompensa. Nada (a generosidade inglesa é difícil).
Complica a ginástica. Põe pedras na calçada, apoia nelas a cabeça e gira. Ganha o cigarro. Mas são incontentáveis.
— Guarda che belle fiore, signori! Tutte per due lire! Due lire!
Passa uma feiura norte-americana. O garoto corre atrás. Olhando o ramo, a feiura sacode negativamente a cabeça.
— No good, lady, no good?
Outros aparecem. Homens e mulheres. Formam um côro:
— Cigaretta, cigaretta, mister!
O inglês joga o Ariston, ponta de ouro, no monte de pedregulho. Confusão empoeirada de mãos e cabeças. Unhadas. Sôcos. Palavrões. Gargalhadas do inglês.
Os garotos fogem deante do soldado de cavalaria que contra êles investe montado. O menorzinho cai, ajoelha-se na calçada, junta as mãos, chora.
O inglês como ri! O inglês como ri!

p a t h é - b a b y

4. vedere napule...

    O mar esconde-se na noite.
    Ao longe, Capri é uma nuvem preta boiando.
O archote dos pescadores que fisgam ilumina candelabros dentro do oceano.
    De Santa Lucia a Posillipo, as lâmpadas enfiam na água punhais tortuosos. E a água sangra luz.
    O Vesuvio, escuro, é uma pira acesa. O vento toca mansamente a fumaça, e a fumaça risca uma elipse cinzenta sobre o golfo.
    As estrelas são fagulhas que o Vesuvio atira. No fundo, lado a lado, Sorrento, Castellamare e Torre Annunziata arriscam olhinhos vesgos.
    Sob as arvores da Riviera, o bandolim inicia a serenata. O baritono canta a história do corsario louro que a sereia fez morrer de paixão.

Sirena del mare,
sorridimi, non tremar...

    As nebulosas são uma prolongação mais pálida da fumaça do Vesuvio, que a brisa espedaça.

... s'io son pirata,
piccola fata...

pathé - baby

A lua. Pegando fogo.

   ... *so pure amar!*

Alonga os pés dourados e escorrega no golfo.

   ... un navigante
   vide vagante
   un corpo su dal fondo...

Os sons do bandolim, acima das arvores da Rivieira, sobem. A voz do baritono arrebenta em soluços.

   ... era il corsario biondo!

Quietude iluminada.

Junho de 1925.

15.
perugia

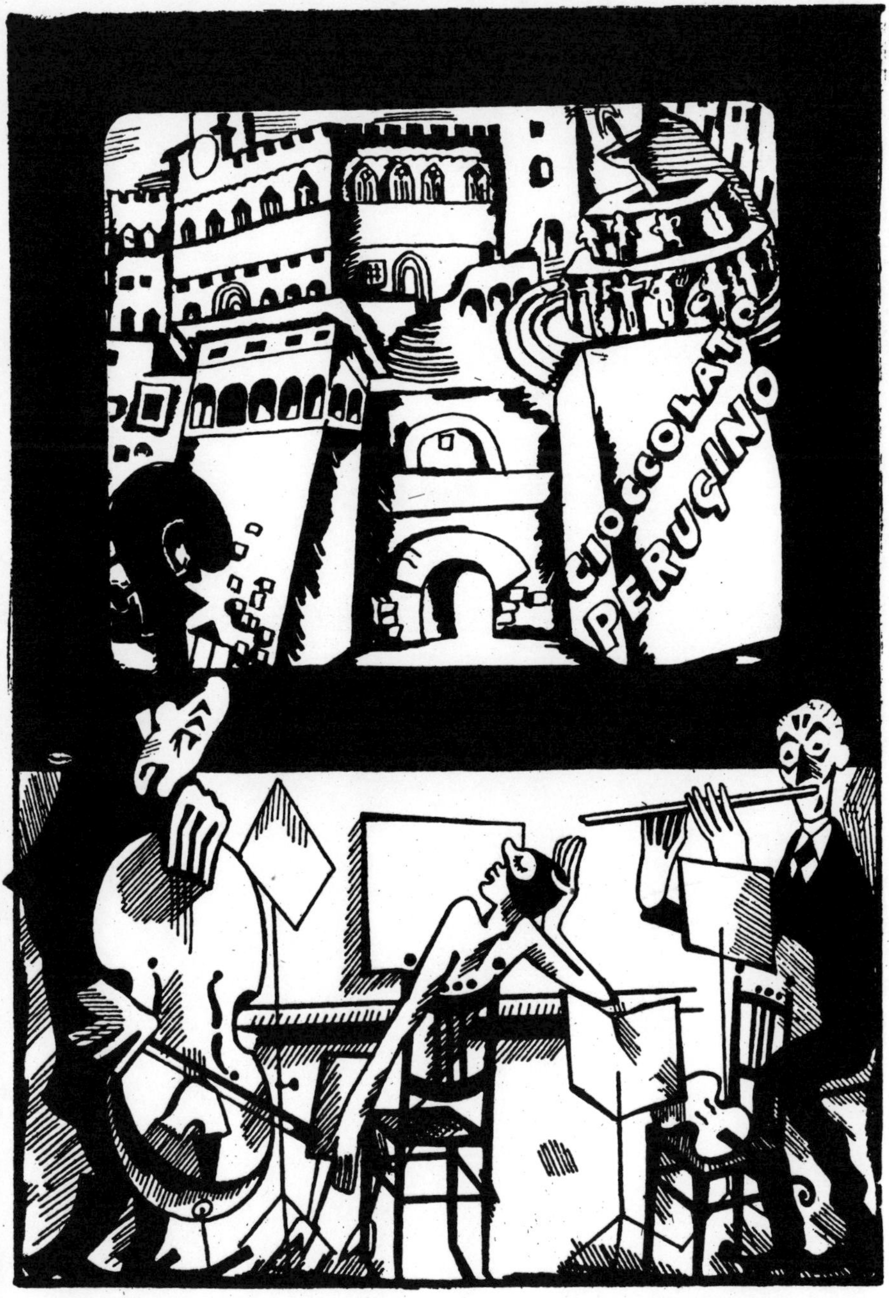
CIOCCOLATO
PERUGINO

pathé - baby

In questa citta si fabbrica il famoso Cioccolato Perugino.
 Os muros de tres mil anos não deixam a cidade resvalar pelo colina. O automóvel que vem de Chiusi descarrega americanos empoeirados nos braços do porteiro do Grande Albergo Brufani. A placa fascista informa que dali partiu a Marcha sobre Roma, em vinte e oito de outubro de mil novecentos e vinte e dois. Parabens.
 A Fonte di Piazza é uma salada genial. Ao lado da cegonha oto-rino-laringologista de Esopo, a vestal carrega a água com que prova sua virgindade. Golias tremendo de medo. Salomé. Salomão. A Gramática. A Geometria. Moisés.
 No Duomo, o pano que esconde as telas só desaparece com gorgeta. Mal empregada.
 A fachada bifronte do Palazzo Comunale é um namoro para os olhos. O padre gordo dá palmadinhas demoradas na cara suja dos garotos.
 — Pianta ufficiale di Perugia ed intorni! Cartoline illustrate!
 Nem mosca nas vinte e duas salas da Pinacoteca. O tríptico da escola toscana, *Maddona e Storie della vita di Cristo, S. Francesco e S. Chiara,* é uma lição de pintura moderna que tem sete

pathé-baby

séculos. Todos sorriem, satisfeitos da vida, na *Crocifissione* de Pompeo Cocchi. O poder milagroso de S. Bernardino, na série de Fiorenzo di Lorenzo, beneficia uma estéril. Interessantíssimo. Jesus, pimpolho, passa de tela em tela, mamando, brincando, lendo, em pé, sentado, alegre, sério, côr de rosa, azulado, sempre gordo.

— Mascalzone che non sei altro!

O chinelo passa sobre a cabeça do peralta.

A Via Vecchia é uma cadeira de pedra que recebe sujeira das casas macróbias e cuspo dos velhos sentados nas soleiras medievais.

Lá em baixo, olhando a praça torta, o Arco Etrusco tem a solidez das cousas primitivas.

Os cafés do Corso Vannucci servem sorvetes com partituras de Verdi. Pernilongos. Entre os dois seios de massa do manequim, na montra da modista, uma bandeirinha tricolor espia.

No Giardino Pubblico namorados, desocupados e o busto de Carducci hipnotizam a Umbria serena, de montes e vales. O Rione di Porta S. Pietro é o braço esquerdo de Perugia, estendido sobre o campo sombreado.

Céu e terra embaralham-se na noite. O menino começa a contar as estrelas.

Junho de 1925.

16. assis

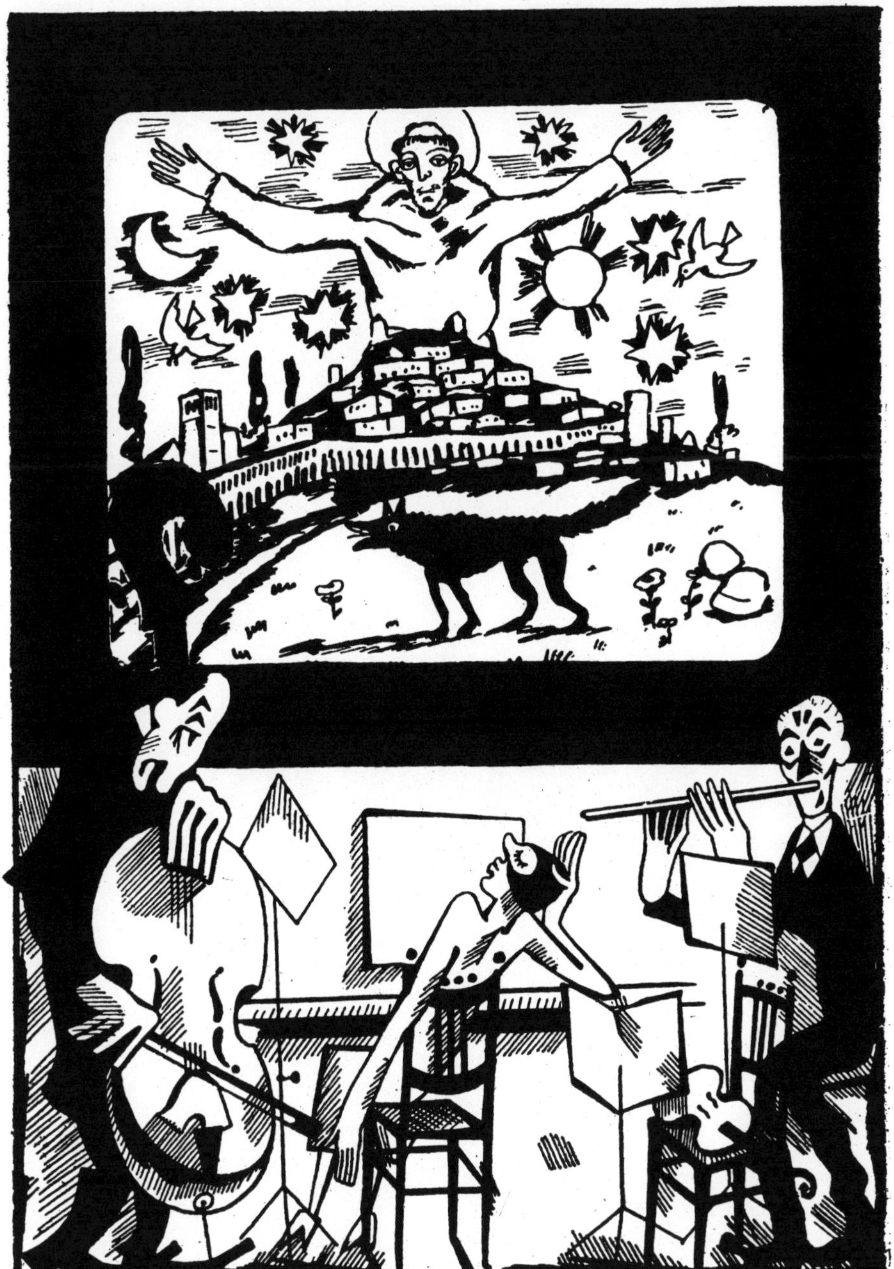

pathé - baby

No Subasio verde-escuro, Assis, branca e triste, é o anjo da guarda da Umbria.

Os contrafortes da Basilica di S. Francesco amparam a montanha. O cachorro late. O automóvel buzina. O garoto grita. O vento faz pssiu! E restabelece a paz mística.

Sob os pórticos da Piazza Inferiore di S. Francesco, o franciscano de hálito fedorento limpa os dentes com o polegar.

Pouco a pouco, a igreja vestida de sombras vai-se desnudando e o corpo liberto desvenda as perfeições. No braço direito do cruzeiro, sobre o altar, o S. Francesco espantoso de Cimabue, na cara de caboclo brasileiro, resume a vida de esposo da pobreza e amante do cilício. Seus olhos enxergam.

A escola de Giotto, nos cinco companheiros do santo, materializa a fé, a oração, o recolhimento, o êxtase, a contemplação. Definitivamente. E se perpetua.

A comissão de técnicos alemães avança lentes de aumento, pensativamente mede, escreve em caderninhos, cheira cerveja.

pathé - baby

Sobre o altar-mór os quatro frescos de Giotto dantescos, enormes, cansam o pescoço porque arrebatam os olhos.

Nos armários da Sagrestia Segreta, um espinho da corôa de Cristo, o véu de Nossa Senhora, uma lasca da cruz do Calvário, um braço de S. Antonio di Padova, outro de S. Estanislao, uma porção de cousas de S. Francesco são de autenticidade garantida. Pelo sacristão, que recebe duas liras. Autênticas.

Cimabue, Giotto e discípulos enchem a Chiesa Superiore. A monotonia da arte conseguida. Nem um tico mal feito. Enjôa até.

A crípta, sim, é uma indecência estupenda do século XIX.

— Sembra la sala d'aspetto di un cinematografo.

Verdi, Umberto I, Garibaldi, outros notáveis, em oleogravuras de salão de engraxate, são exemplos pregados nas paredes do convento feito colégio, para edificação diária dos meninos.

A' esquerda da Torre Comunale, na praça que ouviu S. Bernardino da Siena, o Tempio di Minerva ergue seis colunas coríntias.

A Cattedrale di S. Rufino é só fachada. Na porta principal, leões engolem homens principian-

pathé - baby

do pela cabeça. Uma alemã sem meias coça as costas.

A freira de rosto coberto abre a janela, no subterraneo da Basilica, descerra as cortinas da urna de bronze e cristal, onde S. Chiara mostra o rosto mumificado e com as mãos de virgem sustenta o lírio sem mancha.

Na Capella del SS. Sacramento, outra freira de rosto coberto abre tambêm uma janela. E no muro escuro, o Cristo que conversou com S. Francesco estende os braços magros sobre a cruz cheia de santos.

O sacristão, que é gordo e tem boa memória, recita as palavras do crucificado:

— Francisce, vade et repara domum meam, quæ, ut cernis, tota destruitur...

Assis sóbe no Subasio para ficar mais perto de Deus. Para lá é Eremo delle Carceri onde S. Francesco foi tentado pelo demônio e abençoou os pássaros. Do lado do oriente, é o Santuario di S. Damiano onde S. Francesco rezou e internou S. Chiara. Aqui, S. Francesco nasceu num estábulo, como Jesus. Esta é a Chiesa di S. Nicolò, onde S. Francesco estudou o evangelho. Ali, S. Francesco beijou os leprosos. Longe, naquele buraco, em S. Maria degli Angeli, S. Francesco morreu. E foi para este céu que subiu.

pathé - baby

Os irmãos ciprestes e as irmãs oliveiras têm côr de sombra no vale irmão. A Umbria reza. E as irmãs estrelas, em procissão pela noite, vêm carregando velinhas.

Julho de 1925.

17. roma

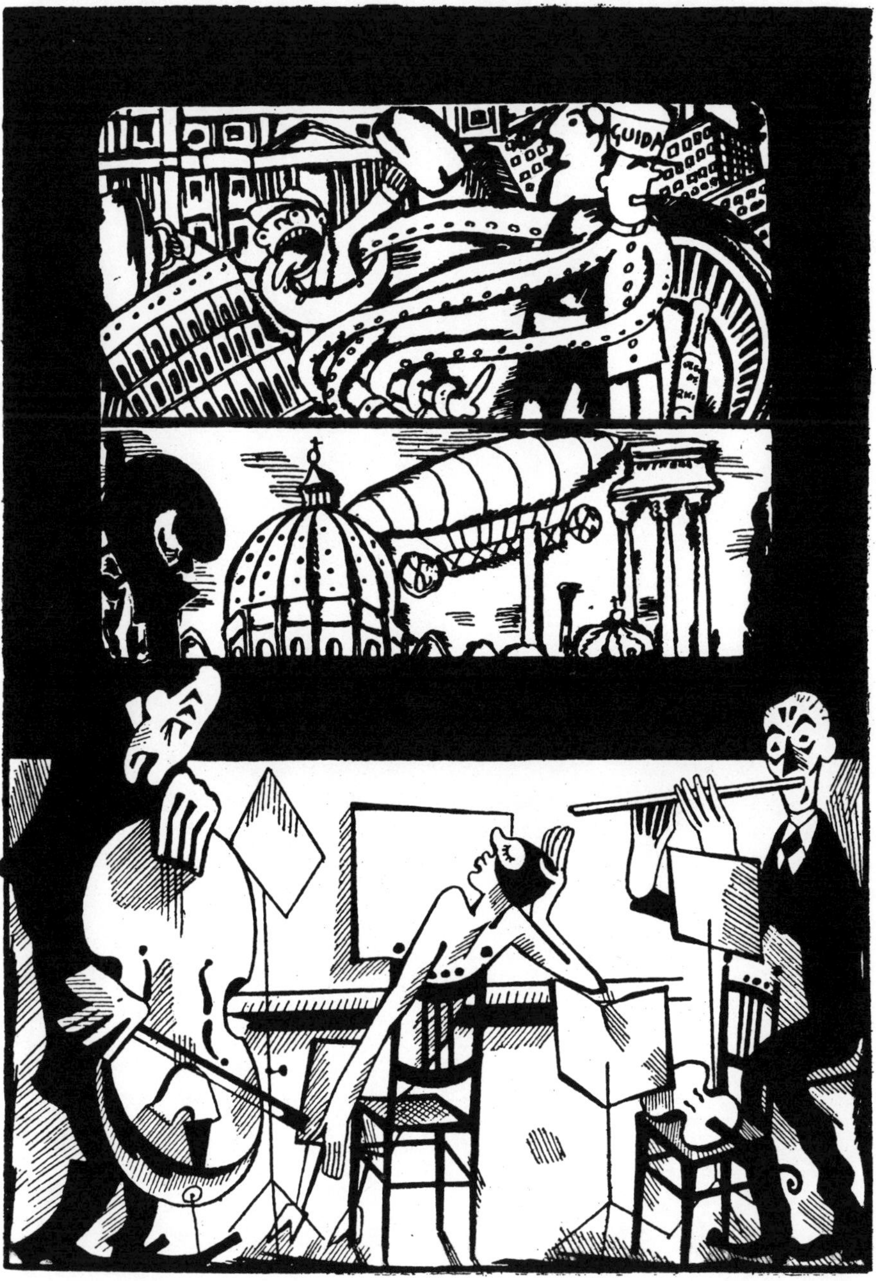
GUIDA

pathé - baby

1. indústria

Na Stazione di Termini as hordas desembarcam em ordem. A invasão quotidiana de Roma pelos bárbaros da Agência Cook, da American Express, das peregrinações católicas. Enfileiram-se os batalhões basbaques. Empunham bandeirinhas. Ostentam medalhas. Trocam dinheiro (muito).
Vêm ver as ruínas e o Papa.
. . . .
E equilibrar as finanças do Estado e da Igreja.
Começa a transformação intensiva das libras, dos pesos, dos dólares em liras.
A indústria italiana mais próspera tem por operários-chefes mortos os estatuários gregos, os arquitectos de Nero e Caracala, Raffaello Sanzio, Michelangelo Buonarroti, Bernini, outros. Quando os artigos expostos da Roma-museu ganham o ar massante de cousa vista, dois golpes de picareta renovam a mostra, salvando a situação. Descobrem-se mais cinco pares de colunas coríntias, tres dorsos mutilados, dois metros quadrados de mosaico romano e chama-se o estrangeiro. Êste vem, pasma e paga.

p a t h é - b a b y

Os ingleses — coitados — enegrecem de notas graves os Baedeckers vermelhos no pó da Domus Flavia, deante do *Juizo Final* da Capela Sixtina. à luz das velinhas na escuridão frigorífica das Catacumbas de S. Calixto, e levam para enquadrar na Inglaterra uma reprodução colorida da *Batalha de Ostia,* da Torre Borgia.

Os peregrinos do Brasil e da Espanha — bem-aventurados — esfolam os joelhos nos vinte e oito degraus que escondem a Escada Santa, reconstróem com indignada fé os tres pulos da cabeça de Paulo na Via Laurentina, salivam no pé gasto do S. Pedro da Basilica, e levam, como presente para os amigos que ficaram na pátria, uma fotografia do Papa martelando a Porta Santa.

Invariavelmente. Sob a fiscalização remunerada das autoridades civis e eclesiásticas.

. . . .

Focalizando Kodaks ou berrando litanias, as hordas vão-se. Um Atila de farda ou batina á frente.

Têm a benção da Igreja. Têm a protecção do Estado.

E recibos dos dois.

Antes de partir, na Fontana di Trevi deixam o soldo propício que garante a volta á Roma.

pathé - baby

Os garotos da Via della Stamperia e da Via del Lavatore vêm á noite brincar na bacia. Depois vão comprar melancias.

2. chamada

O Monumento a Vittorio Emanuele II é um altar branco. Na Piazza Venezia os crentes se misturam. Milhares.
Quatro filas fardadas desenham um trapézio vasio deante da massa lívida. O Corso Umberto I derrama gente.
O rei a cavalo, saindo da brancura de pedra, é o incisivo de ouro das dentaduras caboclas. Esbofetea a vista.
Camisas pretas fascistas. Camisas vermelhas garibaldinas. Sobrecasacas escuras oficais. Mães condecoradas. Negror de viuvas. Faisco de baionetas. Panças comendatoriais. Mutilados. Inválidos. Bigodões de cav. uff. Populacho festivo. Peitos medalhados. Suor e cheiro de data nacional.
Sobre as escadarias do Monumento, as delegações compõem um panejamento ondeante onde as flâmulas tricolores tremem.
A fanfarra real anuncia a chegada cumprimentada do oficiante de barbicha alva. A *Canzone del Piave* rompe das charangas e das gargantas.

p a t h é - b a b y

Canto e música cessam. Para os sinos do Campidoglio sacudirem brutalmente o silêncio imenso. A sonoridade retumbante do bronze bombardea noite.
O oficiante grita:
— Umberto I di Savoia!
Pelo Re Buono, há vinte e cinco anos assassinado, responde o ribombo da multidão:
— Presente!
De novo cai o silêncio como uma tampa.
A *Marcia Reale* levanta as carabinas e descobre as cabeças. Entre braços erguidos, o *Inno Facista* cadencia o desfile das delegações patrióticas.
— Due soldi la cartolina-ricordo! Due soldi! La cartolina- ricordo! La cartolina- ricordo!
Suando, some-se a multidão.

3. cidade eterna

Roma-ruína. Roma-sacristia. Roma-exploração.
Um guia de mau hálito realeja decorada erudição histórica na poeira do Vicus Tuscus. Aqui, isto; ali, aquilo. Mutilações venerandas. Por lá descia o cavalo de Caligula para votar no Senado (agora chegam de automóvel). Um alemão, em mangas de camisa, copia as oito colunas do Tem-

pathé - baby

plo de Saturno. Os Barberini arrancaram os mármores da Basilica Emilia. Michelangelo inspirou-se nos arcos da Basilica de Maxencio. Que importa? Nada.

Bom lugar para um arranha-céu. Perdido.

No Museo Nazionale só o *Ermafrodita* deitado respira. O resto é cadáver. Gherardo della Notte salpicou de gotas de água verdadeiras a perna direita de *Judite surpreendida no banho,* no Casino Borghese.

Batinas passeam no Pincio sobraçando livros. A orquestra do Valladier cacareja, apita, urra o *Scettico Blues.* O sol acende cúpolas. O Castelo de S. Angelo lembra a *Tosca.* Isso o estraga. Beatitude do Tèvere.

Frades comboiam beatas. Ingleses de calças de golf compram reliquias. Sobre o Palatino um dirigivel manobra. Vistos de um banco apropriado, na Basilica de S. Paolo, os olhos de mosaico do primeiro sucessor de S. Pedro chispam milagrosamente. Mas o milagre é do artista. Na Via Appia, do Arco do Druso á Porta di S. Sebastiano, o forasteiro tem por vinte cêntimos dez cambalhotas de moleques amestrados. Na pedra dura, que uma velhinha mostra (sem gorgeta não mostra), Cristo deixou a marca dos pés. E a velhinha conta o diálogo havido:

pathé-baby

— Quo vadis, Domine?
— Venio Roma iterum crucifigi!
O santo fujão, enfiado, não quiz ouvir mais nada. Cercando o Fiat de Mussolini, na Piazza Colonna, deante do Palazzo Chigi, candidatos á burocracia esperam o Duce para úa manifestação expontânea, diária, com gritos de *Alalà! Alalà!* e mãos erguidas. O Biffi expõe meretrizes sorvendo limonadas.

Antigamente, havia gansos sentinelas no Capitolio. Hoje, há gatos no Foro Trajano. A Prefeitura os sustenta para miarem e federem.

Lacoonte e filhos, na galeria dos roubos papais, morrem teatralmente sob os coleios estranguladores das serpentes.

Na noite de 35.º, as luzes da cidade são fogos-fátuos revelando a Roma-cemitério. O Monumento a Vittorio Emanuele II é um bolo de aniversário. O Coliseu abafa gemidos de cristãos ou não, que entram enlaçados.

A imobilidade negra dos ciprestes, nas abas do Aventino, enfunebrece o silêncio.

Julho de 1925.

18. barcelona

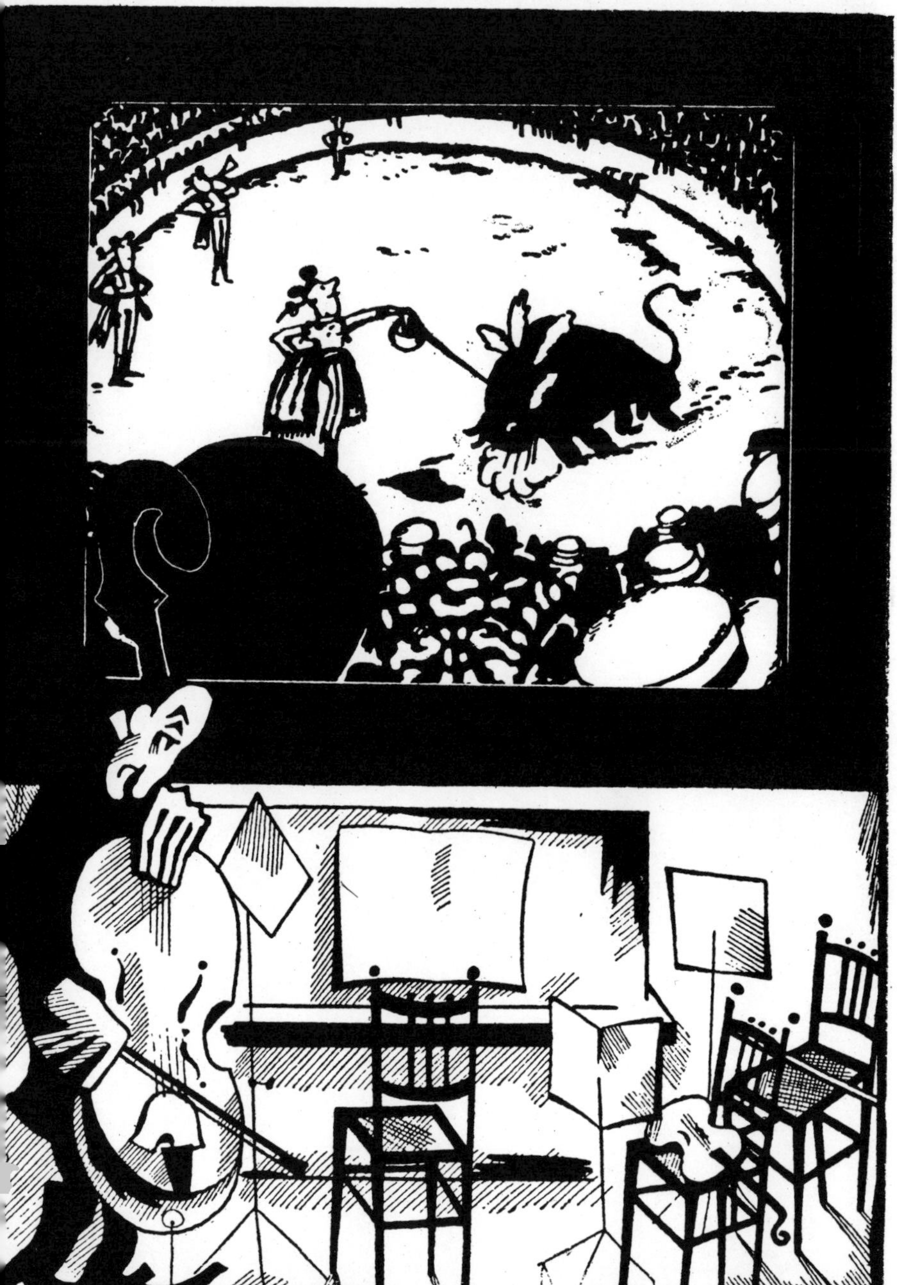

pathé - baby

1. a cidade

Sob as folhagens da Rambla, a multidão se estende como um tapete. O Mercado de la Boqueria apodrece o ar. Para o *Escribiente n. 3*, úa mulher, toda ânsia, dita uma carta com lágrimas.
Na Plaza de la Universidad, o Monumento al Doctor Robert pede dinamite. Passam olhos, sob mantilhas negras.
O abandono das ruas. A hediondez dos prédios.
A cincoenta e tres metros de altura, Christóvão Colombo abençoa o mar de mastros.
O corso no Paseo de Gracia enfileira automóveis milionários.
Dentro do terreno murado, sobem paredões gradeados, parecidos com girafas, parecidos com a Tour Eiffel. Pastores, ovelhas e santos, em cima de uma porta, aglomeram-se para um concurso de feiura. A construção, em começo, é um assombramento de pedra. Caminha para uma realidade final assustadora.
— El Templo de la Sagrada Familia. Concepción portentosa del genial arquitecto don...

p a t h é - b a b y

— Siga! Siga, por favor!
Poeira. Abençoada.
A noite enfeita Barcelona, como ua mantilha.

2. a tourada

As patas do touro negro golpeiam a terra. Borboletar de capas. O cavalo de olhos vendados recebe a chifrada, sacode as patas dianteiras no alto, cai destripado. O touro cola-se contra outro.
— Que viene! Que viene!
O picador é uma peteca no ar. O ventre lacerado do cavalo sobe e desce com vida.
— Arriba!
Balançando meio metro de intestino grosso, manchado de areia, a azêmola dança sobre as pernas moles. A banda, vestida de vermelho, toca *La bejarana.*
Só, Lagarito avança. Devagar. O touro abaixa a cabeça deante do homem azul que caminha. E pula como um autômato. A capa resvala sôbre os chifres.
— Olé!
Vai e vem deante do focinho espumante.
— Olé!
O toreador é um pião roçando a nuca peluda.
— Olé!

p a t h é - b a b y

    Pára deante do touro, olhar contra olhar.
— Olé!
Ajoelha-se, agitando a capa.
— Olé!
O delírio levanta vinte e cinco mil entusiasmos. As palmas sacodem o anfiteatro ondeante.
O primeiro par de bandarilhas desenha um arabesco de sangue.
No centro da arena, Genesillo, mãos no alto, bate as farpas coloridas. Sôbre o bico dos pés, avança. Freme. E' uma volúpia. Deslisa. E' um sadismo. Aproxima-se. Corre. Espeta. Escapa.
A assistência é um turbilhão em pé.
Com a espada sob a capa, Lagartito volta. Cola-se ao touro. Os chifres, depois o touro, passam por baixo do pano estendido como uma asa.
— Olé!
Duas marradas roçam o braço que não treme.
— Olé!
O vulto asul se expõe e se encolhe. Sem alcança-lo, o vulto negro estonteia.
— Olé!
Ribomba a aclamação.
— Mátalo! Mátalo!
O silêncio principia com um toque de clarim. Arqueja a emoção colectiva.
A tres passos da vítima raivosa, toreador e lâmina são um ângulo recto que espreita. Um se-

pathé-baby

gundo. Dois. Tr... A espada branca mergulha por metade na nuca arqueada. Reluz, tremendo. Em silêncio, no silêncio, o touro tomba deante do matador erecto.

No berreiro desvairado lenços se agitam como flâmulas que saúdam. Bengalas, pentes, mantilhas e carteiras são o despojo do entusiasmo rolando no chão revolto. Lagartito recebe uma orelha do touro. Ganha a outra. Ganha o rabo. Dá duas voltas pela arena, chapéu erguido.

— Viva! Viva! Viva!

A banda berra a *Canção do Toreador*.

O touro n. 44, côr de terra sêca, vira o rabo ás capas provocadoras. Contempla os cavalos com ternura. Quer brincar. Salta contente.

— Otro toro! Otro toro! Otro toro!

A indignação zune assobios. A vaia sobe como uma inundação. Transborda em injúrias. Voltados para a presidência de palheta, os meninos que urram, as mulheres de punhos levantados, os homens de olhar assassino são uma onda que se ergue, se avoluma e espuma de cólera para rebentar. O desespero sacode lenços.

— Lástima de toro! Hay que cambiarlo! Otro toro! Otro toro!

Dois bois macambúzios entram, badalando. O touro n. 44 sai pateado.

O cavalo de ventre costurado esborracha-se no chão. O touro tira de outro os arreios e as tripas. O terceiro se estende na arena como uma bola de borracha furada. A terra embebeda-se de sangue quente.

— Mira que toro, hombre! Bravito y noble! O animal esvazia a arena. Fica só, bufando.
— Que valientes! Que valientes!
A assuada ri.

O capinha de roxo avança. O touro investe. O capinha de roxo dispara. O touro alcança-o. O capinha de roxo é recolhido com a perna esquerda rasgada.

Sobre os toreadores a vaia cai como uma bofetada.

Genesillo adeanta-se. Chega perto. Balança a capa. A arrancada quási o derruba. A pateada tambêm.

As farpas de Lagartito caem murchas. O berreiro das archibancadas é um estouro longo.

Genesillo enfia a espada obliquamente. Inteira. A ponta, fóra da barriga do touro, derrama sangue. O touro continua de pé. Toque de clarim. Outra estocada.

— Mal collocada!

O touro continua de pé. Raiva dos assobios que silvam. Toque de clarim. Procurando a mep a t h é ~ b a b y

dula, a lâmina pica tres vezes. O touro cai de joelhos como um penitente. Estridula a vaia.

O que custou a morrer dá uma volta junto ao palanque, puxado por dois cavalos que sacodem guizos. Sob aclamações. O corpo malhado deixa na arena um circulo húmido, vermelho.

A banda estrondea a *Marcha triunfal* da *Aida*.

Setembro de 1925.

19.
sevilha

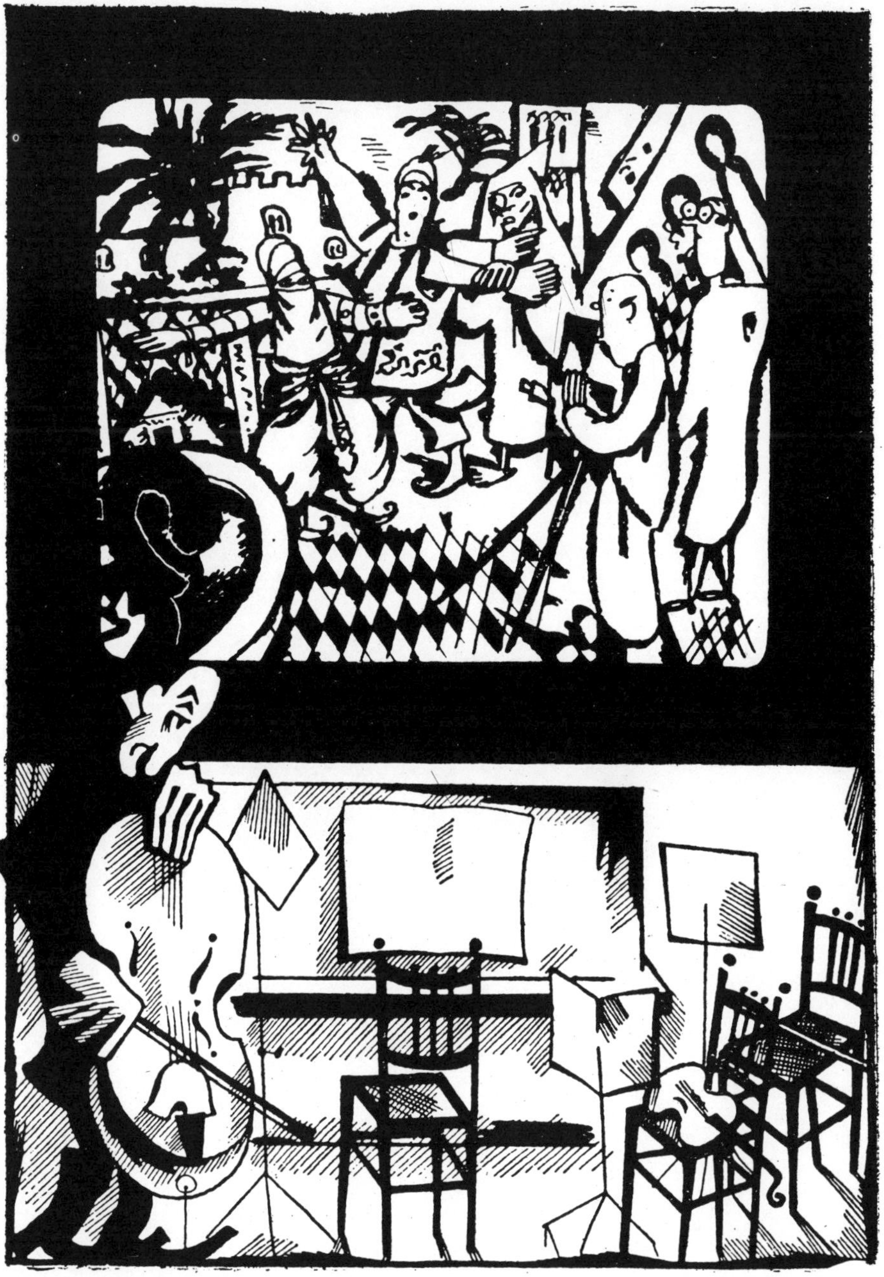

pathé - baby

1. giro

Todas as côres. Todas. Todas as luzes. Todas.
Burricos sacudindo franjas vermelhas levantam poeira na Plaza de San Fernando. Os homens de dolman de alpaca, chapelão andaluz e calças coladas discutem no sol. Carros parados esperam forasteiros.
Sierpes é a rua balcão. Mantilhas. Desocupados.
— Bendita sea la madre...
— Sinverguenza!
No porão do Museo de Pinturas, os anjinhos da *Concepción*, de Valdés Leal, tem quarenta anos de idade.
— *Vida de San Jerónimo*, de Espinal. Um pintor regularito.
O *Beato Susón*, prodigio místico de Zurbarán, vale todos os Murillo.
Os melões formam pirâmides na Plaza de la Encarnación. Garotos exijem cigarros, com ar de comando.
A Calle de la Feria, tresandando manteiga rançosa, enveredando para a direita, enveredando para a esquerda, enfeitada de azulejos, fervi-

pathé - baby

lhando, desagúa carroças carregadas no Bairro de Macarena. Morenas.
As casas desenham arcos-iris ao longo das ruas. Creanças pulam de mãos dadas. Dois frades enchem a porta de um botequim verde.
O sol derruba de chapa na praça a torre africana de S. Marcos, sombra comprida.
Da Fábrica de Tabacos, Carmen, ar de flor, sai num saracoteio. D. José, sem farda, cospe primeiro e depois enlaça.
No loja de antiguidades, a velhinha recebe cem pesetas pelo Jesus de século e meio.
— Vaya usted con Diós e la Virjen, señora marquesa!
A tarde que cai peroliza a Giralda que sobe, que domina, que é a cabeça da catedral, que tem vinte e quatro bronzes, que é alta de vinte e oito metros, que é velha de setecentos e quarenta anos, que é linda.

2. cinematografia

Nos jardins verdes do Alcázar, a Paramount Pictures fabrica uma película árabe. Nas janelas do Pabellón de Carlos V sultanas de pele loira e olheiras azúes fumam Ariston.

pathé - baby

Entre as colunas de mármore branco, o director toma chá e morde o cachimbo. Albornozes. Sandálias. Punhais. Véus.
Para duas objectivas, a favorita trai o sultão de barbaças com o joven cheik. Mas o espião entra.
O director berra:
— No!
O espião entra de novo.
— No!
O espião entra pela terceira vez.
— No!
O eunuco do serralho é pai da heroina, que nasceu em Chicago.
O sultão, a um lado, foxtrotea e canta:

I want to be...

O espião entra pela quarta vez.
— Yes!
A luta é tremenda.

...but I want to be happy...

Os mantos brancos esvoaçam, abrem-se, fecham-se, pulam, tombam, engalfinham-se.
— All right!
O sultão, atrás da cortina, ouve êste dialogo:
— I love you!
— My dear!

p a t h é - b a b y

Mas entende, e o joven cheik é preso.
— Tomorrow, the second part!
A favorita instala-se no colo do director.
O leão de pedra, cuspindo, enche o grande tanque.

3. vésperas

De preto e barba feita, êles cercam a Portada del Baptisterio. Pente alto e mantilha negra, elas entram. Pobres avançam pires vasios.
O mistério se disfarça na sombra das naves.

Deante de Nuestra Senora de los Reyes, os vultos ajoelhados de braços abertos são crucificados pregados no lenho de sua própria fé. Murmúrio de reza. Olhos de súplica. Atitudes de idolatria. Tres padres. Tres monjas. Seis negrumes. A prata dos castiçais recebe luz das velas que ardem. A bôca do sacristão cheira alcool. O túmulo de Colombo é feito de feiura. Beijos fanáticos nos pés de um Cristo muito magro e muito pálido. Flores de papel.

Um orgão ronca. O côro das Vesperas ribomba. E a catedral ecôa.
Sons. Incenso. Sons.

p a t h é - b a b y

4. olé!

A Alameda de Hercules mistura sujeira e gente.

— Ésta és la casa donde vivió Josselito, el Gajito. El mayor toreador de Espana y del mundo. Tenia veinte años cuando murió de un trompazo. Que lástima!

Junto á Calle del Niño Perdido.

— Aqui nació Josselito...

Calle de Santa Ana.

— Si, Belmonte és enorme. Juega con la muerte... sonriendo!

O gesto rasgado levanta o chicote. O cavalo sofre as consequências do entusiasmo.

— Manolo és un muchacho que empeza bien. Pero tiene miedo. Flaquea cuando llega la hora de meter el brazo, que és la hora de la verdad...

No Campo de la Feria barracões de madeira vendem orchatas com pó.

Os edifícios da Exposición Hispano-Americana de 1927 levantam-se no parque resequido.

— Aqui está expuesto el cuerpo del imenso Josselito. Se puede ver, com tres pesetas...

Guinemeyer. D. Sebastião. Um heroi.

p a t h é - b a b y

5. alma andaluza

Para lá do Guadalquivir. Triana agita a noite quente.

As casas abrem janelas vasias e a gente nas ruas bebe alegria.

A Plaza Altozano está tomada por mesas e cadeiras. O ruído, que cresce, descresce, pára, é uma música de Albeniz.

O sujeito de azul, sentado na mesa de pernas cruzadas (testa de gênio, alpargatas de ladrão), arranha a guitarra. A mulher de quadris dançarinos põe as mãos na cintura, levanta a cabeça, bate os pés. A canção eterniza-se, subindo e descendo, no gorgeio das últimas vogais.

No te pido que me be...se...e...es...
Ni que me beses la bo...ca...a!

Na porta da taverna, um magro ergue o copo de vinho:

— Por tu hermosura, trigueña!

O grupo une cotovelos em volta. Todo o desejo ambiente sorve os lábios que se apertam.

Que una vez que me besas...te...e...e...
Por poco me vuelves lo...ca...a!

p a t h é - b a b y

Mas o carro que passa, passo a passo, passea uns olhos, dois olhos!
E o grupo, de chapéu erguido, explode:
— Viva la guapa!

Setembro de 1925.

20.
córdoba

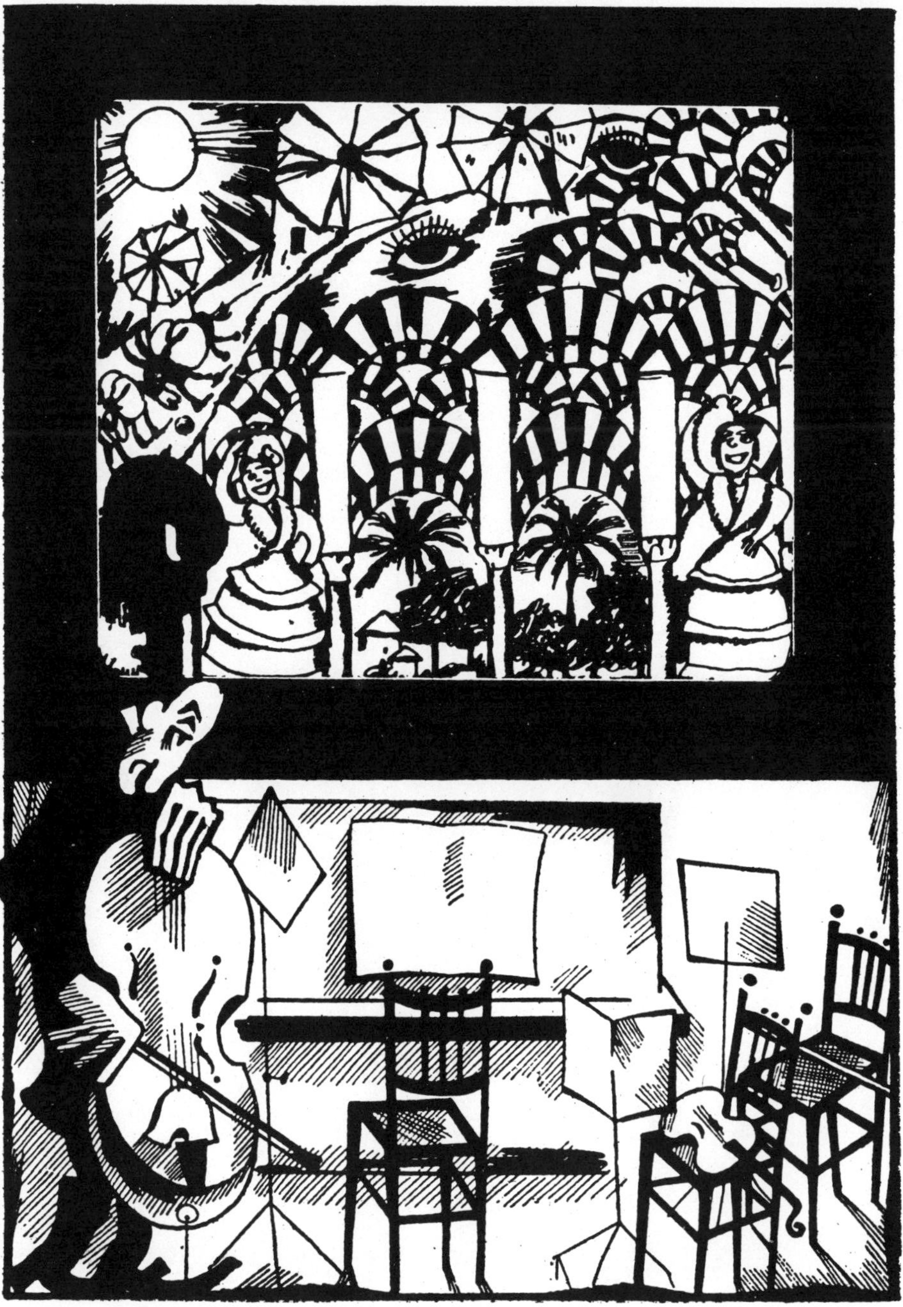

pathé-baby

36° á sombra.
O guia:
— Aqui se está muy bien en invierno, señor!
A cidade é a falência do urbanismo. Sob a poeira, os burricos trotam, carregados. O Gualdaquivir se arrasta, entre a desolação da terra auriverde. Moinhos preguiçosos esperam D. Quixote. Tristeza. Campo acabrunhador. Pobreza. Esterilidade. Dois olhos negros, bem negros. Novelos de pó. Miséria da natureza sovada.
O guia:
— Mire, por favor, el paisaje, señor! Que maravilla!
O molequinho, na frente do Dodge, junta os pés, agita nas mãos erguidas uma capa imaginária, foge com o corpo, grita:
— Olé!
Entre as oitocentas e cincoenta e seis colunas de vergões sanguíneos, na Mezquita indescritivel, os olhos enxergam Arte, descobrem Arte, aprendem Arte. Pelas paredes do Mirab descem rendas de alabastro. Apunhalando o esplendor musulmano, num contraste que é um crime, o fanatismo da Idade Média pariu um aleijão impagável. Nas capelas cristianizadas, a única di-

p a t h é - b a b y

vindade que se vê e se adora é o Sublime, que o árabe realizou. Cântaros nos quadris, cântaros nos ombros, mulheres morenas, como os cântaros, rodeam as fontes do Patio de los Naranjos. Gargalhadas. A tarde despede-se da torre triste. Na muralha alta, lâmpadas douram a Virjen de los Faroles.

No pases pecador
sin hablar a Maria...

Ganha o inferno quem recusar o diálogo. Para os hóspedes empanturrados do Hotel Regina, na sala de azulejos verdes, a radioletefonia transmite do Savoy de Londres um fox-trot da *No, no Nanette*. Dois americanos dançam. Um francês descompõe a cadencia lenta. Ninguêm dá conta do milagre estupendo.

O Paseo del Gran Capitan é um rumoroso café ao ar livre. Gonzalo de Córdoba, sobre os ombros de bronze, sob o capacete de bronze, franze o rosto de mármore.

— Que ojos!

Na cidade velha, as ruas estreitas de muros negros (não convem acorda-las) dormem, no silêncio lírico, um sono que já dura séculos. Atra-

pathé - baby

vés do janelão gradeado, a mão magra da moça passa o cravo que o tipo de capa preta pega e prega na capa. As estrelas. A lua. O passado. Sombras.
O guia:
— Córdoba es la evocación.

Setembro de 1925.

21.
granada

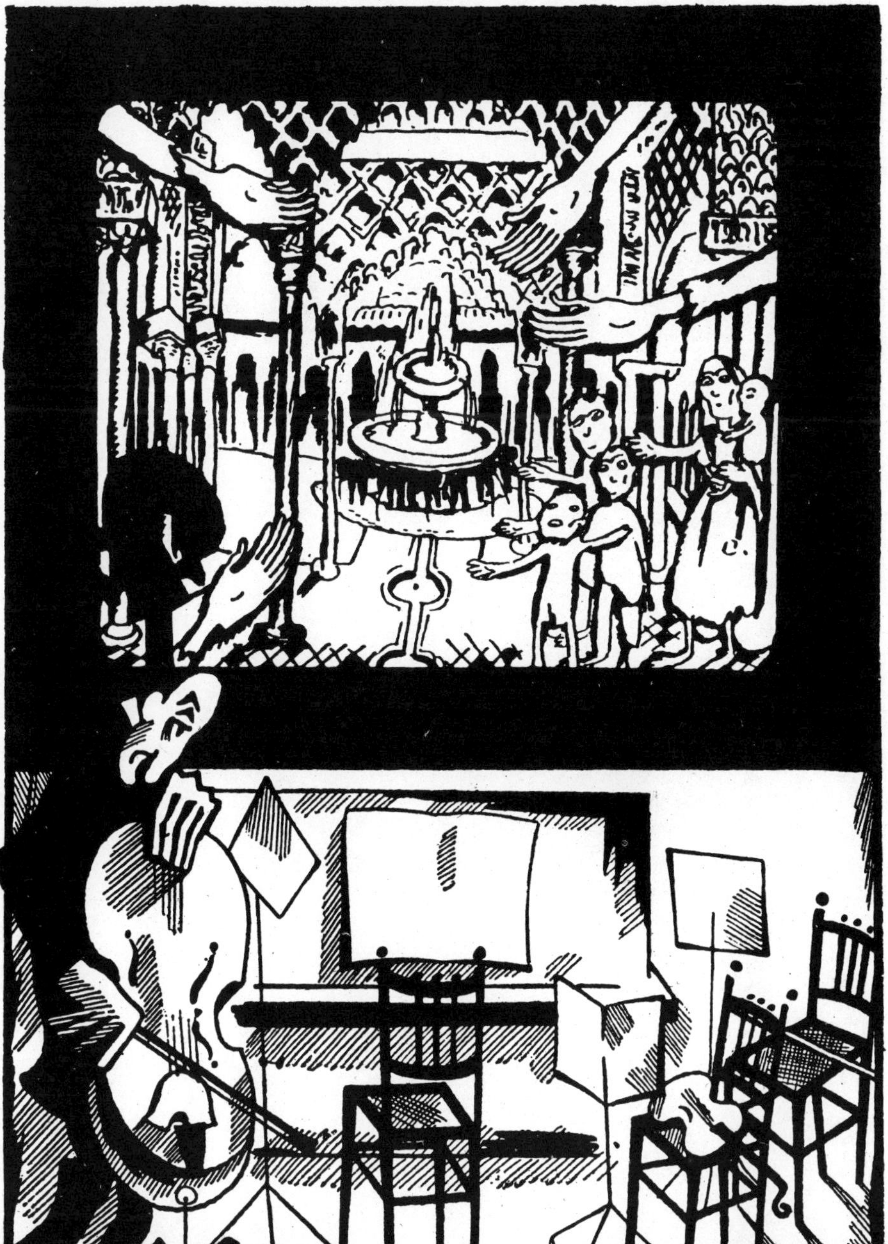

p a t h é - b a b y

Campos de beterraba. Granada branca.
Os olmos do parque sobem entre muralhas. Alcázar de la Alhambra.
No Patio de la Alberca, o guarda oferece raminhos de murta. Depois, a dextra em concha.
A arquitectura musulmana sublimiza a Sala de los Embajadores. Cada janela é um impossível de Arte.
— Hay que ver la vista!
O Albaicin, sobre as casas caiadas como mulheres, tangem sinos católicos. Sombras no Generalife. Buracos de gitanos no monte raspado.
Argentinos pulam de goso no Patio de los Leones, crianças pobres em torno de árvores de Natal rico. Apalpam as colunas. Cheiram as paredes. Estalam os dedos. Exclamações.
As manchas avermelhadas da bacia de mármore, na Sala de los Abencerrajes (o guarda garante), são pingos de sangue da família de Hamet, que toda ela ficou sem cabeça porque Hamet (o guarda sorri) pandegou com a mulher de Boabdil. Adultério de cinco séculos atrás (o guarda agradece). Mas a porta, sim, é notável.
Carlos V merece bolos da posteridade, pelo seu palácio-atentado.

pathé - baby

Dois sujeitos cospem no Jardin de Machuca.
Gitanas carregando gitaninhos. Fedendo. Amontoando vermina. Vestindo trapos. Contando miséria. Pedindo dinheiro.

— Una limosnita, buen mozo!

Os gitaninhos são fome, ossos, gafeira.

— Quiere que le diga la buena sorte, mi guapa?

O marido da turca atira duas pesetas.

— Gracias, marqués! Que Dios nunca le dé dolor de cabeza en compañia de su señora!

Nem um aeroplano no céu desaproveitado.

Setembro de 1925.

22.
madrid

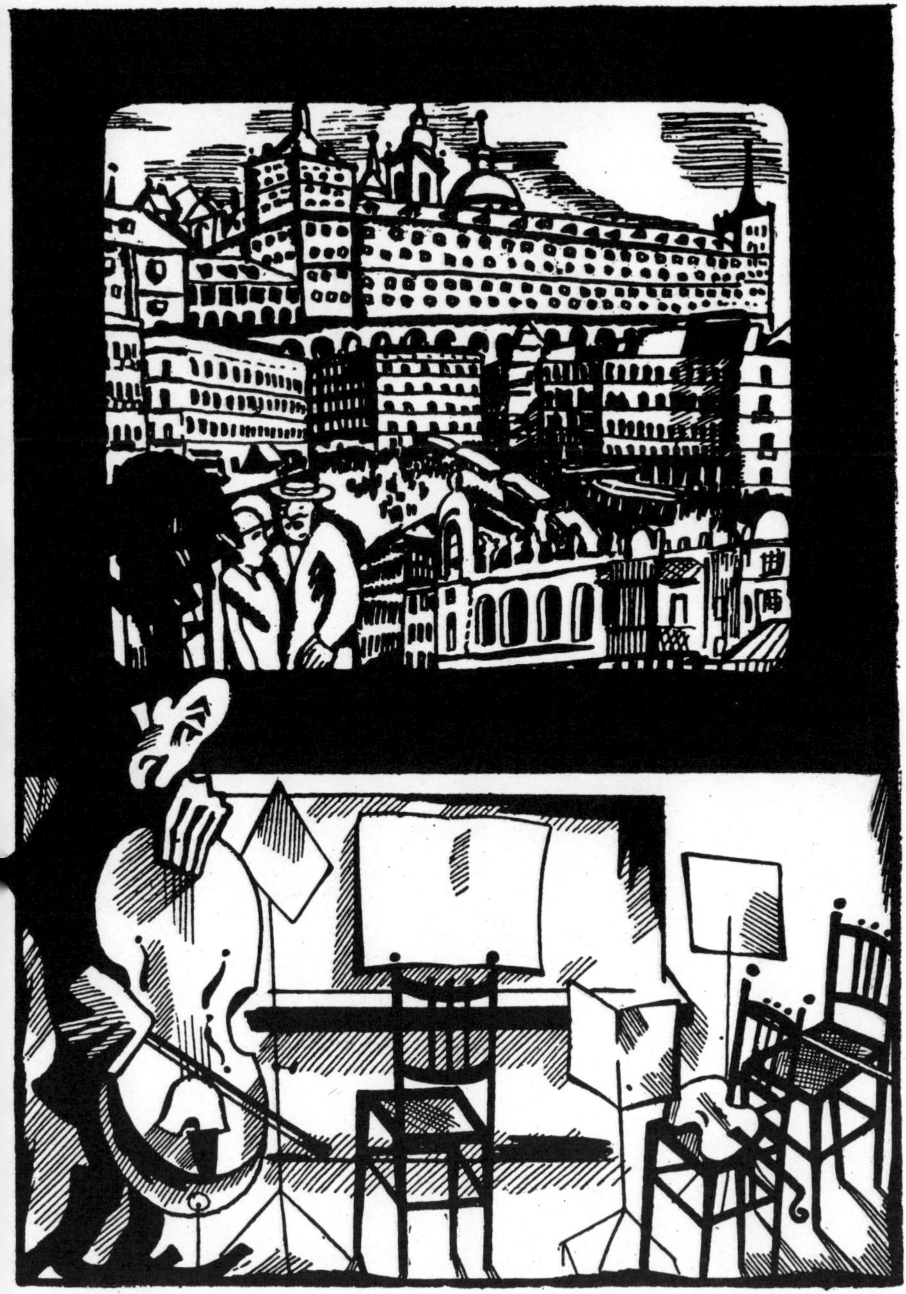

p a t h é - b a b y

1. centro

Parada dos bondes vermelhos CUATRO CAMINOS — SOL — PROGRESO Carabineiros de chapéu de oleado. COMPLETO. Mantilhas pobres. Carros. Borrifos de gente. Cartazes. POZAS-SOL-ATOCHA-DELICIAS (*por la Calle de Leganitos*). Um chinês. Puerta del Sol.

A Calle de Alcalá desce, monumental. Corrida de quadrigas inexplicáveis no alto dos prédios brancos. Na calçada da esquerda, *el pinar de las de Gómez*, o atrevimento dos machos enodoa as mulheres. Vendedores de fósforos. DROGUERIA DE LA VERDAD.

A rapariga pára na porta da livraria. E o velho, cara contra cara:

— Enorme!

A Gran Via, com outros nomes, sobe cheia. Pentes. Brincos. Leques. Oficiais relaxados. A orquestra do café toca *Con mucho salero*.

— Escucha, mi guapa...

O guarda atrapalha o trânsito. Blasfêmias. O anúncio luminoso gira, gira, pára, gira, gira, pára. Pregões. Pobres.

pathé - baby

Calle de Preciados. O menino puxa o rabo do cachorro. Cascas de laranja. ANTIGUA CASA DEL CRISTO. Em cima: COMESTIBLES. Em baixo: ON PARLE FRANÇAIS. Puerta del Sol.

2. el escorial

Solo chamuscado. As colinas parecem camelos deitados. Aridez amarela. Muros de pedra. Covis. Os carneiros são caroços da terra sêca.
Rochedo avançado da Guadarrama, a mole descomunal do Real Monasterio de San Lorenzo del Escorial. Grelha de granito. Delírio de grandeza.
— La octava maravilla del mundo.
O maior esforço do máu gosto universal. Imensidade de pedra. Petrificadora.
A porta só se abre para os enterros reais. O côro desafina perdidamente.
— El Pudridero.
Fechados dentro dos muros de prisão, é aqui que os reis apodrecem.
Os quarenta e oito altares perdem-se no gigantismo da cruz grega. Bronzes dourados. O pavimento do Coro Alto treme sob os pés do agostinho calçado.

pathé - baby

— Se fije Ustd. en la grandiosidad de todo esto!
Horrível. Mas enorme.
E o crucifixo de Benvenuto Cellini.

3. don juan

O pano vermelho grita na plataforma. Soldados ranzinzas fazem cordão. Figurões de fraque. Oficiais medalhados. A gente, pouca, espia.
— S. M. el Rey que vá a S. Sebastián.
Êle aparece de roupa cintada e andar janota. Dá dois pulos e trepa no carro.
Um velho sem entusiasmo diz:
— Viva el Rey!
O Rei ri. No silêncio. Os figurões formam um bolo preto. Chapéus no alto. O Sud-Expreso guincha e sai.
No carro-restaurante, a divisão envidraçada tem as cortinas corridas. Mas o Rei levanta a cortina da direita. Encosta o queixo filipino no vidro. Gira o olhar pelas mesas. Pára na das inglêsas louras. Pára. Depois, vai descendo a cortina bem de vagar, olhando, bem de vagar, grelando.
Sensação.

Setembro de 1925.

23. toledo

EN ESTA CIU-
DAD ESTAN
PROHIBIDAS
LA MENDICIDAD
Y LA BLASFEMIA

p a t h é - b a b y

O Castillo de Galliana (*la mora más celebrada de toda la moreria*) esfarela-se na paisagem de terreiro varrido.
A estação dá a nota oriental, e os Ford brigam com os carros. Sol.
A Puente de Alcántara é um pulo sobre o Tajo que vai para Lisboa. Nas sete colinas a cidade de fisionomia medieval se escarrapacha.
Burricos, melancias e soldados misturam-se na Plaza de Zocodover, alaranjada, vermelha, branca, desbotada. Os adolescentes da Academia de la Infanteria compram doces e cigarros.
— El Mesón del Sevillano, donde habitó y escribió el inmortal Cervantes.
E' uma velha que poz *Negrita* nos cabelos a hospedaria de cinco mil anos e telhado de cinco semanas.
A Puerta Nueva de Visagra tem torres de igreja, janelas de moradia, e um aleijado vendendo bilhetes de loteria. EN ESTA CIUDAD ESTÁN PROHIBIDAS LA MENDICIDAD Y LA BLASFEMIA. O francês de chapéu panamá usa aneis de mulher.
Todo branco em de redor, todo verde no centro, o Patio de San Juan de los Reyes.

p a t h é - b a b y

A cosinha da casa do Greco é aperitivo. Zumbidos. Gerânios. A mulher do guarda. Os filhos da mulher do guarda. Sete. E os doze apóstolos nas télas esfumaçadas, enfileiradas.
Ruas de emboscada. Becos de conspiração. Ladeiras de nigromância. Bafo de muitos séculos. Gente de preto. Só de preto. Janelas gradeadas. Portas de castelo.
— Buenos dias, señor marqués.
Parece um capado.
Na Parroquia de Santo Tomé (ver para crer), *El entierro del conde de Orgaz* é um presente do Greco á pintura do futuro.
A miséria estende as mãos encardidas deante da Catedral. O sacristão é analfabeto. E o manto da Virgen del Sagrario tem oitenta mil pérolas verdadeiras.
O microcéfalo de batina, com as unhas enlutadas, vai tocando nas ânforas de ouro, nos peitorais de esmeraldas, nas custódias de safiras, nas imagens de coral.
O côro inconcebível provoca interjeições. Os tesouros atravancam as naves. Tambêm as beatas curvadas.
— Tiene Ustd. el permizo para ver el altar mayor? Los forasteros lo deben sacar antes de todos. Con tres pesetas, si señor.
Pra quem quizer.

p a t h é - b a b y

Só uma velha reza, de olhos fechados, na Capilla de la Purissima Concepción. Cofres de esmolas. Candelabros iluminados.
Na Puerta del Reloj, a menina apanha tôcos de cigarro. Dois ingleses de olhar parado.
Calle de la Vida Pobre. O asno de Sancho zurra.
A Puente de San Martin com torreões e lendas. O Tajo enlaça Toledo. Muralhas abarcam todo um passado.
— El *A. B. C.!* Edición de la mañana!
Rio de Janeiro, 14. *La Convención ha adoptado, por unanimidad, la candidatura del Sr. Washington Luis, para la presidencia de la República, y la de la señorita de Vianha, para la vicepresidencia.*
O coxo briga com o menino do cégo por causa da esmola do homem magro.
EN ESTA CIUDAD ESTÁN PROHIBIDAS LA MENDICIDAD E LA BLASFEMIA.
— Se calle, hombre, por Diós y la pu... perdón... y la Virgen!
E a autoridade acaricia o refle.

Setembro de 1925.

moralidade

**Nosso céo tem mais estrellas,
Nossas varzeas tem mais flôres,
Nossos bosques tem mais vida,
Nossa vida mais amores.**

A. GONÇALVES DIAS
Canção do Exilio

fim

acabado de imprimir a cinco de fevereiro de mil novecentos e vinte e seis nas oficinas da editorial helios limitada desta cidade de são paulo.

EDITORIAL HELIOS
MAGALHÃES, RICARDO & COMP.
R. ASDRUBAL NASCIMENTO
100 - SÃO PAULO

COMENTÁRIOS E NOTAS
À EDIÇÃO FAC-SIMILAR
DE PATHÉ-BABY

AGRADECIMENTOS

Ao INSTITUTO DE ESTUDOS BRASILEIROS da Universidade de S. Paulo, que me proporcionou condições para a realização deste trabalho.

A Francisco de Assis Barbosa, pelo estímulo constante e ajuda permanente na localização de fontes.

A José Mindlin, que mais de uma vez nos socorreu com cópias em xerox de edições necessárias para a elaboração de variantes e bibliografia desta edição.

Ao Dr. Plinio Doyle, que nos colocou à disposição recortes de críticas sobre o autor e sua obra, complementando nosso levantamento bibliográfico.

E em especial a Sonia Maria de Lara Weiser, que colaborou na tarefa trabalhosa de preparo de originais e Durval de Lara Filho, que realizou as reproduções fotográficas deste volume.

C.L.

PREFÁCIO

De todos os grandes autores do modernismo brasileiro, Antonio de Alcântara Machado é sem dúvida o que mais se deixou impregnar pelos meios de comunicação visual que começaram a se transformar e adquirir uma nova dimensão em conseqüência da Primeira Guerra Mundial. Compreendeu de relance a importância do grafismo, em toda a infinita diversificação e complexidade de formas, que assumem com o dadaísmo e o surrealismo o **climax** do movimento de renovação, quase que de liquidação do passado, pelo menos dos modelos tradicionais não de todo desaparecidos e ainda com bastante vitalidade, para resistir ao conflito de 1914-1918. Antonio de Alcântara Machado foi no Brasil dos primeiros a compreender a influência do grafismo como expressão literária na arte do após-guerra. E soube aplicá-la à sua obra de ficcionista de temas urbanos, voltado para o cotidiano de uma cidade como São Paulo, que então iniciava a sua violenta transformação urbana, na escalada para se tornar em breve o maior centro metropolitano e industrial do país, que em menos de cinqüenta anos daria um salto demográfico sem precedentes. Sendo além de escritor um jornalista, atento portanto a todas as novidades da época, que na década de 1920 vão desdobrar-se no desenvolvimento do cinema e do rádio, valeu-se da multiplicidade e movimento de imagens, na comunicação direta e instantânea, ao mesmo tempo concisa e dinâmica, características da sua prosa ágil e flexível.

Ao desaparecer com pouco mais de 30 anos, as três obras fundamentais que deixou são tipicamente modernas, e não apenas modernistas, e por isso mesmo representativas como conteúdo artístico desse mundo em ebulição. É o que desde logo surpreende na leitura, sobretudo hoje, das impressões de viagem à Europa, reunidas como num filme, projetado de uma **Pathé-Baby** (1926), e os contos de **Brás, Bexiga e Barra Funda** (1927) e **Laranja da China** (1928), notícias do cotidiano paulistano, flagrantes da classe proletária e da burguesia endinheirada, dos pequenos núcleos de imigrantes, italianos na sua maioria, que vão adensar a classe média ainda rarefeita de pequenos comerciantes e burocratas.

Esses livros de Antonio de Alcântada Machado tinham que ressurgir na sua feição gráfica original, tal como foram criados e publicados, com a marca inconfundível do autor, cuja presença se afigura patente em todas as páginas impressas dos seus livros, denunciando o rigorismo gráfico com que foram elaboradas e até pensadas.

Daí a sua inclusão no programa de edições fac-similares do Arquivo do Estado de São Paulo, iniciando a série de literatura. É inseparável do texto do grande escritor o volume, com os comentários de Cecília de Lara, com vistas à próxima edição de toda ou quase toda a produção de Antonio de Alcântara Machado, reunindo não apenas a ficção, como também ensaios de crítica literária e de história, crônicas da vida urbana, reportagens e jornalismo de um modo geral, além de uma seleção da correspondência.

Cecília de Lara realiza um trabalho sem paralelo em nossa história literária, após anos a fio, na coleta de um precioso material, submerso em revistas de pequena tiragem, jornais dispersos em hemerotecas e coleções particulares, revistas e jornais de difícil acesso, diga-se de passagem, apesar de modernos ou modernistas, uma tarefa quase heróica de arqueologia heurística, restaurando assim a mensagem de um dos maiores escritores do modernismo. Há de nos dar um Antonio de Alcântara Machado de corpo inteiro ainda não de todo conhecido e reconhecido, ao completar em breve os volumes de toda a sua contribuição, de perene criatividade.

A edição simultânea das três obras básicas do criador da prosa experimental do modernismo brasileiro, impressa na Imprensa Oficial, por iniciativa do Arquivo do Estado de São Paulo, reveste-se, em suma, de um significado todo especial, neste momento em que tanto se fala, e quase nada se faz, no sentido de preservar a memória brasileira, no que ela possui de mais característico e fecundo enquanto expressão e comunicação literárias.

É de inteira justiça agradecer aos que tornaram possível a publicação desta parte preliminar de conjunto da obra de Antonio de Alcântara Machado, que está sendo levantada com tanta pertinácia e competência pela Professora Cecília de Lara.

Junto ao governo do Estado de São Paulo, quero referir-me em primeiro lugar ao governador José Maria Marim, e aos seus devotados colaboradores, o secretário de Estado da Cultura, João Carlos Martins, Calim Eid, Secretario Chefe da Casa Civil, o supervisor do Arquivo do Estado, professor José Sebastião Witter, e o diretor-superintendente da Imprensa Oficial, Caio Plínio Aguiar Alves de Lima.

E também à professora Myriam Ellis, atual diretora do Instituto de Estudos Brasileiros da USP, grande amiga e competente estudiosa, que facultou o uso das primeiras edições de Antonio de Alcântara Machado para a reprodução fac-similar que ora apresentamos.

Todos merecem o nosso apreço de paulistas e brasileiros.

São Paulo, novembro de 1981
Francisco de Assis Barbosa.

SUMÁRIO

AGRADECIMENTOS 5
PREFÁCIO 7
CONSIDERAÇÕES GERAIS 11
CRITÉRIOS ADOTADOS NA EDIÇÃO 23
REGISTRO DE VARIANTES 31
EPISÓDIO NÃO INCLUÍDO EM LIVRO: **RECIFE** 45
SELEÇÃO DE CRÍTICAS 49
BIBLIOGRAFIA 61

CONSIDERAÇÕES GERAIS

Pathé-Baby teve duas redações públicas: a primeira, em 1925, divulgada no **Jornal do Comércio**, edição de São Paulo, na forma de narrativas de episódios de viagem, e a segunda, em 1926, primeira e única em livro, jamais reeditada e que agora, passados mais de cinqüenta anos, apresentamos em reprodução fac-similar.

Antonio de Alcântara Machado, quando crítico teatral do **Jornal do Comércio**, em São Paulo, realizou uma viagem de oito meses pela Europa. Segundo registram notas do **Jornal do Comércio**, partiu de trem para Santos, onde tomou o navio Flandria, a 24 de março de 1925[1]. A 2 de novembro do mesmo ano estava de volta[2].

A primeira nota, embora breve, oferece-nos um dado: a promessa de enviar colaboração da Europa:

"Do Velho Mundo, durante os meses que ali vai passar, Alcântara Machado enviará para esta folha **correspondências semanais que constituirão uma delícia para os nossos leitores**", (grifo meu). Nesta ocasião nada se esclareceu quanto à natureza da colaboração. Vê-se que apenas existiu o intuito inicial de elaborar regularmente matéria, durante o período da viagem. E foi deste intento que nasceu **Pathé-Baby**.

---

(1) "Dr. Antonio de Alcântara Machado.
   Pelo trem das 8 da manhã, segue hoje para Santos, onde embarcará no 'Flandria', com destino à Europa, o nosso prezado companheiro de redação Dr. Antonio de Alcântara Machado. Moço ainda, o distinto colega estreou vitoriosamente na advocacia e na imprensa. Nas colunas desta folha, o jovem confrade tem dado, diariamente, provas de seu grande talento e da sua vasta cultura, revelando-se crítico de qualidades pouco comuns e escritor de raça. Do Velho Mundo, durante os meses que ali vai passar, Alcântara Machado enviará para esta folha correspondências semanais que constituirão uma delícia para os nossos leitores. Ao distinto colega desejamos feliz viagem".
   Jornal do Comércio, São Paulo, 24 de Março de 1925.
(2) "Dr. Antonio de Alcântara Machado.
   Depois de oito meses de ausência, na Europa, regressou ontem a esta Capital o nosso prezado companheiro de trabalho, Dr. Antonio de Alcântara Machado.
   Em Santos e na Estação da Luz foi recebido por elevado número de amigos."
   Jornal do Comércio, São Paulo, 3 de Novembro de 1925.

Sobre a viagem de Antonio de Alcântara Machado nada sabemos, a não ser que foi inesperada, em ocasião não prevista, segundo diz Guastini [3]. E acrescentamos que em 1925, Ano Santo, o afluxo de viajantes a Europa foi muito grande, conforme registram os jornais da época. Também em 1925 se realizou em Paris a Exposição de Artes Decorativas e Industriais, que Antonio de Alcântara Machado visitou e lhe ofereceu o panorama da renovação artística de Vanguarda, conforme tivemos ocasião de analisar em ensaio sobre a obra do autor.

Mário Guastini, diretor do **Jornal do Comércio**, quando veio a público a edição em livro de **Pathé-Baby**, conta alguns fatos relacionados com as circunstâncias de sua elaboração e fala da repercussão dos episódios junto aos leitores do jornal.

Diz que ao se afastar de sua atividade crítica habitual, Antonio de Alcântara Machado comprometeu-se a enviar para o **Jornal do Comércio**, "crônicas semanais", corroborando a asseveração da nota a que nos referimos:

"—Você mandará crônicas semanais.../ —Magnífico! — exclamou. Mandarei todas as semanas pontualmente./ E a promessa foi cumprida. **Pathé-Baby**, hoje primoroso volume, enfeixa as crônicas enviadas ao **Jornal do Comércio**, acrescidas de outras escritas na viagem de regresso ao Brasil [4]. Esta última afirmação será discutida oportunamente, por não ser totalmente exata.

M. Guastini ainda se refere à repercussão de **Pathé-Baby** junto aos leitores, nem sempre satisfeitos, que escreviam cartas ao **Jornal do Comércio**: "Os autores das epístolas agressivas escondiam-se no anonimato e escreviam com os pés... Esbravejavam esses anônimos contra a rudeza com que Antonio aludia a certas regiões por ele visitadas"[5].

Além dessas breves informações nada mais apuramos sobre a primeira versão de **Pathé-Baby**. Mas o plano inicial não ia além do envio de colaboração escrita durante a viagem, para suprir a falta da crítica teatral, que

---

(3) Stiuniro Gama (pseudônimo de Mário Guastini), **Pathé-Baby**. O Livro de Antonio de Alcântara Machado. **Jornal do Comércio**, São Paulo, 7 de fevereiro 1926. Reproduzido em: Guastini, Mário — **A hora futurista que passou**. São Paulo, ed. Mayença, Outubro de 1926.

(4) Idem, ibidem.

(5) Ver nota 3. Uma única referência a **Pathé-Baby**, pouco antes de sua edição em livro, foi feita por um jornalista do **Correio Paulistano**, autor de peças criticadas por A. de A.M., Antonio Carlos da Fonseca, que, ironicamente, diz, em janeiro de 1926:
"O meu felizardo Antônio (agudo) acaba de regressar da Europa. Lá estudou muitas cousas. Viu tudo. Observou tudo. Voltou uma fera na renovação estética. Dentro de poucos dias — ó suprema ventura — vamos ter o resultado de seus estudos. Com que ansiedade S. Paulo, o Brasil inteiro aguarda o aparecimento do seu primeiro livro. (Não cobro nada pela "reclame"). Vamos saber, afinal como é que se escreve um livro. Vamos aprender. Conheceremos afinal as tendências literárias do meu simpático Antônio. Porque até agora, em S. Paulo, toda a gente, todos nós somente lhe conhecemos as inovações estilísticas (para pior, é claro) do "juro", "bruto abraço", "palavra de Deus", "meto o pau", "arrebento tudo", etc. etc. Modernismo do "abaixo-o-Piques".

Antonio de Alcântara Machado em viagem pela Europa

Antonio de Alcântara Machado vinha realizando regularmente desde 1923 e que só interromperia em 1926 — significativa porção de sua obra que reunimos e preparamos para edição.

Além da crítica de espetáculos, Antonio de Alcântara Machado, por ocasião da viagem, em 1925, havia também se iniciado, primeiro em tímidas incursões, depois já com mão firme, no campo em que se realizaria como escritor: o das pequenas composições, entre conto e crônica, retratando tipos populares da cidade de São Paulo. Até sua viagem à Europa, já havia publicado na página literária do **Jornal do Comércio**, Só aos domingos: Cirilo (21/9/1924); Virgens loucas (26/10/1924), não recolhidos em livro, e três composições que fariam parte de **Brás, Bexiga e Barra Funda** (1927): Gaetaninho (25/1/1925, com ilustração de Ferrignac); Carmela (1/3/1925, com ilustração de Ferrignac); Lisetta, (8/3/1925), com a seguinte observação final, entre parênteses: (De um possível livro de contos: ÍTALO-PAULISTAS) e (Para um possível livro de contos: **ÍTALO- -PAULISTAS).**

Ao que parece, em Antonio de Alcântara Machado se esboçava a idéia de ir compondo aos poucos o livro que anuncia timidamente em Carmela. Com a viagem realizada no dia 22 de março do mesmo ano de 1925 — logo após a publicação do conto Lisetta — interrompe esse tipo de produção. E de tal forma os episódios de viagem ganham corpo que aparecem em livro antes dos outros anunciados, marcando a estréia de Antonio de Alcântara Machado como escritor. Mas, na própria abertura de **Pathé-Baby**, vem anunciada a próxima publicação de **Brás, Bexiga e Barra Funda**, agora já com o título definitivo. Ao retornar da Europa, inicia colaboração regular em rodapé — Cavaquinho, onde apareceram, entre outras composições duas versões iniciais de futuros contos de **Laranja da China**.

Logo, os episódios que constituem **Pathé-Baby** cortam a elaboração dos contos de **Brás, Bexiga e Barra Funda** e **Laranja da China**.

Assim, o livro de estréia de Antonio de Alcântara Machado **Pathé-Baby** nasceu de um fato circunstancial — a viagem à Europa — pois ao regressar retoma a linha anterior sobre tipos ítalo-paulistas ou brasileiros, de um modo geral.

* * *

Para o trabalho de colação de **Pathé-Baby** utilizamos a versão do **Jornal do Comércio**, que será designada J.C. e a 1.ª edição em livro — a partir de agora abreviadamente referida como **P.B.**

A primeira redação pública de **Pathé-Baby** apareceu, em parte, no **Jornal do Comércio**, edição de São Paulo, do dia 29 de abril a 22 de novembro do ano de 1925, num total de doze colaborações numeradas em romano de I a XIV, com erros de numeração, conforme comprova o quadro 1, anexo.

A versão J.C., quanto a sua apresentação visual, tem as mesmas características da matéria comum do jornal, em duas colunas, e em nada prenuncia a montagem gráfica — **cinematográfica** — que tanto marcou a edição em livro, a tal ponto que nos pareceu impossível a reprodução mera e simples do texto sem quebrar a unidade da obra. Razão, talvez, que explique o fato de a 1.ª edição ter permanecido única até agora, pois pelo menos não se desrespeitou a concepção inicial da obra.

QUADRO 1

I — J.C. — Pathé-Baby, Panoramas Internacionais 12 episódios, abril a novembro de 1925

EPISÓDIOS		ELABORAÇÃO	PUBLICAÇÃO
I	Recife — 6 partes	março	29 de abril
II	Las Palmas — 6 partes	abril	3 de maio
III	Lisboa — 4 partes	abril	12 de maio
IV	Normandia — 4 partes	abril	3 de junho
V	Paris — 2 partes A Flama da saudade O Baile no magic-city	abril	17 de junho
V	Paris — 2 partes Meia noite, boulevard des Capucines Meia noite — rue de St. Honoré	maio	23 de junho
VI	Paris a Dives-sur-Mer — 7 partes	maio	19 de julho
VII	Milão — 4 partes	junho	2 de agosto
VIII	Nápoles — 5 partes	junho	9 de agosto
X	Veneza — 3 partes	junho	20 de setembro
XII	Florença — 3 partes	julho	20 de outubro
XIII	Bologna, Pisa, Lucca,	s/ind. mês	15 de novembro
XIV	Barcelona — 4 partes Sienna A cidade A tourada (3 partes)	setembro	22 de novembro

Obs.: Repete-se o número V e o nome Paris. Faltam os n.ºs IX e XI

A versão do J.C. nos oferece, sempre, duas datas: a do jornal, na qual a matéria foi publicada e a que vem no final, e que marca a época de sua elaboração (quadro 1). O confronto revela um intervalo de 1, 2 ou 3 meses, entre a elaboração e a publicação. A partir do mês de abril, Antonio de Alcântara Machado acelerou sua produção, provocando uma defasagem entre as datas de elaboração e divulgação:

De março há apenas a parte I Recife — suprimida no livro, e que introduzimos como apêndice.

De abril: II Las Palmas, III Lisboa, IV Normandia, V Paris.

De maio: V Paris (numeração repetida), VI de Paris a Dives-sur-Mer.

De junho: VII Milão.

De julho: X Veneza, XII Florença.

Capítulo inicial de **Pathé-Baby**, do **Jornal do Comércio**, 29 de abril de 1925. (Ver reprodução do texto, em grafia atualizada). Este episódio foi suprimido na edição em livro.

Sem indicação do mês: XIII Bologna, Pisa, Lucca, Sienna, que no J.C. só trazem o ano — 1925. A última publicada em jornal é a parte XIV Barcelona, de setembro de 1925.

A edição em livro, de 5 de fevereiro de 1926, acrescenta partes novas inteiras e partes adicionais (ver quadro) às divulgadas no jornal. O livro mantém as datas de elaboração das partes conforme consta na versão do jornal e continua datando as partes que acrescenta. Assim, vemos que a afirmação de M. Guastini no comentário ao livro, que mencionamos[6], não coincide totalmente com os fatos. Antonio de Alcântara Machado escreveu apenas partes adicionais à Lisboa e Paris, na viagem de volta — aquelas que estão datadas de outubro. Mas, a maioria das partes acrescentadas no livro são do mesmo período em que escreveu os episódios divulgados no jornal e que, por alguma razão, reservou para publicação posterior. É o caso de: Londres, Nápoles, Perugia, Assis — escritas em junho; Roma, 8 de julho. E de setembro, Sevilha, Córdoba, Granada, Madrid, Toledo. Nenhuma parte é datada de agosto. Do exame das datas dos episódios novos, surge como quantitativamente mais produtivo o mês de junho, vindo a seguir abril, julho e setembro. Como Antonio de Alcântara Machado voltou de navio, teve dias do mês de outubro que pode ter utilizado para redação ou reelaboração de episódios de **Pathé-Baby**, publicados ou não.

A combinação inicial de Antonio de Alcântara Machado com o **Jornal do Comércio** falava de "colaborações semanais". Mas a divulgação dos episódios não obedeceu a nenhuma sistemática quanto ao dia da semana, ao intervalo entre as partes, ou mesmo à localização no jornal. Essa matéria apareceu uma ou duas vezes por mês, no período de abril a novembro de 1925 — oito meses, portanto. Logo, não foram "colaborações semanais". Graficamente, no contexto do jornal, sobressaía o título — em tipos bastante chamativos, devido ao tamanho. Logo abaixo do título, o subtítulo — Panoramas internacionais. Com essa dupla repetição, o leitor deve ter se habituado à série de episódios variados de viagem, localizando-os facilmente na página. Um traço trêmulo separa título e subtítulo, inicialmente. Logo, se faz traço contínuo, que permanece até o final. Após essa parte invariável, vem o número em romano e o nome dos lugares sobre os quais o autor escreve. Em geral cada episódio ocupa duas colunas, e é acima da coluna esquerda que se localiza o número e o nome do lugar. Mas em V Paris, V Paris (repetido), VI De Paris a Dives-sur-Mer, VII Milão, VIII Nápoles, X Veneza, XII Florença, número e título são colocados no meio, com maior realce, sendo que as duas partes sobre Paris, intituladas e numeradas da mesma maneira, trazem subdivisões internas com subtítulos.

Os demais trazem também subdivisões, indicadas apenas com asteriscos (*) ou cruzinhas (x). O XIII tem títulos nas subdivisões internas: Bologna, Pisa, Lucca, Sienna, que no livro passaram a constituir partes autônomas. XIV Barcelona traz subdivisões ora com subtítulo ora só indicada com sinal (x).

A edição em livro de 5 de fevereiro de 1926, editora Helios, com ilustrações de Paim e prefácio de Oswald de Andrade, surgiu cinco meses após a interrupção da publicação dos episódios no **Jornal do Comércio**. E apenas três meses após o regresso do autor, que se deu a 2 de novembro de 1925. Nesse intervalo de apenas três meses, foi realizado todo o trabalho de preparo de originais — com modificações nos textos que não foram pequenas — como revelou o cotejo das duas versões — e ainda a montagem, que não só contou com as ilustrações de Paim, mas com características de ela-

(6) Ver nota 1.

> perdôar os defeitos de que falei. E tem tambem uma eloquencia muito nossa, entusiasta, ingenua, delicio-sa que sóbe, vai muito alto, mas não atinje nunca a grandiloquencia. E tem ainda um sentimento muito
>
> Leiam-se, agora, os artigos de Martin Damy e de Menotti e diga-se qual dos dois tem razão. Para mim, Mario é um poeta.
>
> **SERGIO MILLIET.**

leiam

pathé baby

por António de Alcântara Machado

Propaganda da obra, publicada em **TERRA ROXA e outras terras**, n.º 3, de 15 de fevereiro de 1926.

boração que até em nossos dias é vista como dificultosa, pelo que tem de artesanal — fugindo às normas comuns de composição tipográfica. Trabalho que deve ter tido a supervisão do autor.

Detalhes que não são exteriores à obra, constituindo índices que contribuem para a melhor avaliação de Antonio de Alcântara Machado como artista — num ponto alto de sua produção — quando a criatividade impregna todos os níveis de elaboração da obra, concretizada num esforço artesanal que se faz digno de admiração permanente.

A reprodução fac-similar nos dispensa da descrição detalhada do livro. Mas gostaríamos de mostrar como ficou constituído o plano final da obra, tal como aparece na 1.ª edição, para, então, assinalar as diferenças que marcam as duas versões, quanto ao conteúdo. Compare-se o quadro 2 com o quadro 1, já apresentado.

QUADRO 2

Plano geral da edição em livro

1. las palmas — abril de 1925
    1. apresentação
    2. calle mayor triana
    3. religião e pesetas
    4. assombração
    5. visitas
    6. despedidas
	4. paris — abril, maio e outubro de 1925
	    1. a flama da saudade
	    2. o baile do magic-city
	    3. meia noite, boulevard des Capucines
	    4. meia noite, rue de St. Honoré
	    5. fête foraîne
	    6. espírito gaulês

2. lisboa
    primeiro episódio — ida — abril 1925
    1. sala de visitas
    2. é assim
    3. jardim da Europa
    segundo episódio — volta — outubro 1925
	5. paris a dives-sur-mer — maio de 1925
	    1. rodovia
	    2. visita
	    3. santidade
	    4. descanso de dez minutos
	    5. deauville
	    6. saudade
	    7. antigüidade

3. de cherbourg a paris — abril de 1925
    1. pii!
    2. percurso
    3. o lusíada do compartimento vermelho
    4. chiuii!
	6. londres — maio de 1925
	    1. charing-cross
	    2. humorismo
	    3. quadro de visitas simultâneas
	    4. good save the King (sic)
	    4. hyde-park

7. milão — junho de 1925
  1. compêndio urbano
  2. derrota brasileira
  3. notabilidades amestradas
  4. regozijo nacional
  5. aspecto
	15. perugia — junho de 1925

	16. assis — junho de 1925

	17. roma — julho de 1925
	  1. indústria
	  2. chamada
	  3. cidade eterna

8. veneza — julho de 1925
  1. país da música
  2. país do canto
  3. ronda noturna
	18. barcelona
	  1. a cidade
	  2. a tourada

9. florença — julho de 1925
  1. posteridade
  2. viagem de estudo
  3. tesouro de preciosidades
  4. engorda
  5. concerto
  6. bolonha
	19. sevilha — setembro de 1925
	  1. giro
	  2. cinematografia
	  3. vésperas
	  4. olé
	  5. alma andaluza

10. bolonha	
11. pisa	20. córdoba — setembro de 1925
13. sienna — julho de 1925	21. granada

14. nápoles — junho de 1925
  1. passeio
  2. lixo
  3. garotas
  4. vedere napule
	22. madrid — setembro de 1925
	  1. centro
	  2. el escorial
	  3. don Juan

	23. toledo — setembro de 1925

Observação: Em 6. londres, há erro de numeração: o n.º 4 está repetido.

II — P. B. — 1.ª edição em livro — 1926 — 23 episódios.
1. Partes acrescentadas aos episódios do J.C.

Episódios	Elaboração
segundo episódio-volta (Lisboa)	outubro de 1925
5. fête foraîne. 6. espírito gaulês (Paris).	outubro de 1925

2. Novos episódios só publicados em livro (1926).

Episódios	Elaboração
6. Londres	maio de 1925
15. Perugia	junho de 1925
16. Assis	julho de 1925
17. Roma	julho de 1925
19. Sevilha	setembro de 1925
20. Córdoba	setembro de 1925
21. Granada	setembro de 1925
22. Madrid	setembro de 1925
23. Toledo	setembro de 1925

Além das modificações realizadas internamente, na obra, há algumas mais evidentes, e que se concretizam a nível mais exterior, de estruturação das partes, numeração, titulação. A versão do **J.C.** sempre repete o título geral e o subtítulo, antes dos títulos ou subtítulos específicos. No livro temos apenas o título geral — **Pathé-Baby**, sem o subtítulo, que foi suprimido: Panoramas internacionais.

No jornal as subdivisões internas das crônicas são indicadas por sinais — cruzinhas ou asterisco — e raramente aparecem subtítulos. No livro as partes são sempre numeradas, e com subtítulos. No jornal a numeração das crônicas vem em algarismos romanos. No livro, em arábicos, tanto nas partes quanto nas subdivisões internas.

No jornal segue-se a ordem de elaboração, segundo o roteiro da viagem. No livro há alteração nessa ordem: fusão de partes elaboradas em épocas diversas, ou seja, na ida e na volta, como se vê na parte 2. Lisboa e parte 4. Paris.

O livro apresenta duas dedicatórias — no início "a meu pai" e antes da parte 4. Paris — "a Marcellino de Carvalho, filho". O índice se apresenta como um programa de cinema. O prefácio, chamado Overture — é a Carta-Oceano de Oswald de Andrade, também publicada em **Terra Roxa e outras terras**, a 3 de fevereiro de 1926. O livro, datado de 5 de fevereiro de 1926, a 7 de fevereiro de 1926 é anunciado no **Jornal do Comércio**. A carta-prefácio é datada de dezembro de 1925.

Ilustrações de Paim marcam o início de cada episódio, imitando a abertura das sessões de cinema à maneira da época: uma orquestra de 4 figuras, e acima, um croqui da cidade em questão, representada na tela. A originalidade dessas ilustrações, além de constituir uma visualização jocosa do episódio, está na paulatina diminuição dos componentes da orquestra, que exaustos, vão desaparecendo. Assim, no início 4 figuras aparecem tocando seus instrumentos nos episódios de 1 a 6. Do 7 ao 17, o número se reduz a 3 figuras. No final, 18 em diante, só resta um dos músicos.

Não foi comum a referência à ilustração de Paim, nas numerosas notícias sobre a obra. No citado rodapé de M. Guastini, há alusão ao prefácio e à ilustração: "A carta-prefácio — de Oswald de Andrade, que ainda neste momento forçou a nota por querer parecer original, compromete o livro. Um consolo, entretanto: as ilustrações de Paim auxiliam o leitor a passar por cima da charada do autor de **Os Condenados**..."[7].

Já outro crítico que tratou da obra emite opinião diversa sobre o prefácio: "Pathé-Baby abre-se com uma deliciosa carta-oceano de Oswald de Andrade. / E o lápis de Paim, quase miraculoso, satiriza os seus quadros. / Dois colaboradores preciosos do livro de viagens mais original que se escreveu, até agora, na língua velhinha de Portugal e Brasil"[8].

A Carta-Oceano de Oswald de Andrade é datada de Bordo/Cap. Polonio/, dezembro de 1925/ e foi publicada pela primeira vez em **Terra Roxa e outras terras** (n.º 1, 20 de janeiro de 1926) com a seguinte introdução: "Oswald de Andrade escreveu para o livro de Antonio de Alcântara Machado, a ser publicado dentro de poucos dias, **Pathé-Baby**, o seguinte prefácio". Segue-se a carta, que se refere ao livro como: "cinema com cheiro", afirmando também: **"Pathé-Baby** é reportagem".

A montagem da obra, jogando com elementos do universo do cinema, encontra sua gênese a partir do nome que Antônio de Alcântara Machado deu aos episódios — **Pathé-Baby**, panoramas internacionais, como se fosse uma reportagem cinematográfica sobre os locais que visitou. Mas, nada significaria essa ligeira sugestão — nascida do nome da máquina de filmar — se não houvesse a impregnação na própria maneira de captar a realidade, reconstituída em flashes, que valorizam os detalhes visuais — e pelos procedimentos de estilo — visando à economia significativa com eliminação sistemática do supérfluo, do discursivo, preferindo a construção em blocos que se unem ou se afastam sem liames aparentes: como uma montagem de objetos de perfis bem delineados, sem meios-tons, de transição. Dizer que a construção da obra **Pathé-Baby** tal como foi realizada é decorrência do título, reiterada pelas palavras de Oswald de Andrade, **Pathé-Baby** é "cinema com cheiro" ou **Pathé-Baby** é "reportagem", realmente nada explica. Pois na obra que publicará a seguir, em 1927, **Brás, Bexiga e Barra Funda,** Antonio de Alcântara Machado dirá que não se trata de livro, mas de jornal. E no entanto essa idéia não se faz visível de modo como se deu

---
(7) Ver Nota 3.
(8) Dami, Martin — O espírito dos livros — PATHÉ-BABY de Alcântara Machado. **Jornal do Comércio,** S. Paulo, 19 de fevereiro de 1926.

em **Pathé-Baby**. Teria o próprio Antonio de Alcântara Machado concebido o livro como um objeto coerente, em todos seus detalhes de composição e ilustração, integrados ao texto? Houve sugestão de alguém? E as ilustrações de Paim? Nasceram apenas da leitura dos episódios? Ou foi Antonio de Alcântara Machado que deu as indicações para as ilustrações, ou melhor, a ilustração e suas variantes, pois na verdade a matriz é a mesma. Esses são fatos que ainda não apuramos.

CRITÉRIOS ADOTADOS NA EDIÇÃO

Em se tratando de edição fac-similar, a primeira modificação das normas gerais que se fez necessária foi relativa ao texto crítico: objetivo primordial de todas as edições críticas. No caso presente, temos, obviamente, o texto do autor, com absoluta fidelidade à composição, às ilustrações, às peculiaridades gráficas, e mesmo às falhas, de impressão ou revisão. O cotejo dos dois textos, **Jornal do Comércio e Pathé-Baby** revelou-nos que Antonio de Alcântara Machado fez muitas modificações — o que, na prática, acarretou um número significativo de variantes que procuramos registrar. Excluída a possibilidade de colocação das variantes em notas ao pé da página, restou-nos como saída a reunião das anotações em parte específica, solução que também responde ao nosso intento de respeito à composição de Pathé-Báby — objeto peculiar, cuja integridade lingüística e gráfica quisemos ver preservada.

As diferenças que marcam os dois tipos de ortografia adotados nas duas versões de Pathé-Baby, em síntese, são:

1. J.C. — Adoção sistemática de consoantes mediais duplicadas: cc, ff, gg, ll, mm, nn, pp, tt.
   exceção: fala (1 ocorrência).
   suplica (1 ocorrência)

   P.B. — Simplificação de todas as consoantes duplicadas.
   exceção: lugar-commum (erro de revisão?)
   tennis (forma estrangeira?).

2. J.C. — Emprego sistemático dos grupos consonânticos: cç, ct, pç, pt, mn.

   P.B. — Vacilação, ora simplificando, ora mantendo. (Obedeceria à pronúncia da época?).
   cç — Permanência em: funcção, desinfecção.
   ct — Permanência em: facto, contracto, reflectir, etc.
   Simplificação: vítima, reto, dita, condutor, indistinta.
   pç, pt, mn — Simplificação, em todos os casos:
   inscrição, assunto, solene.

3. J.C. — Emprego sistemático de dígrafos helenizantes: ph, th, ch, chr, rh.
 exceção: blasfêmia.
 P.B. — Simplificação em todos os casos para f, t, q, cr, r.
 exceção: archibancada (erro de impressão e revisão?)
4. J.C. — Uso de sc (inicial) e gn (medial)
 P.B. — Simplificação: c, n: cena, sinal.
5. J.C. — Uso de y, em alguns casos: cysne, estylo. Vacilação y/i: typo/tipo.
 P.B. — Substituição, em todos os casos, por i.
6. J.C. — Uso do g em: magestade, lagedo.
 P.B. — Vacilação: magestade, lajedo.
7. J.C. — Uso do h mudo, inicial e medial.
 P.B. — Supressão do h mudo: espanhol, veículo.
8. J.C. — Uso de k, sistemático.
 P.B. — Substituição por **qu** em: quiosque, quilo, quilômetro.
 Permanência em: cheik, smoking, shakesperiana (derivados de palavras estrangeiras).
9. J.C. — Uso de s inicial, seguido de consoante — scandinavo (1 ocorrência).
 P.B. — Substituição por es — escandinavo (1 ocorrência).
10. J.C. — Uso de um s surdo, em: presentido, musulmano, dansar.
 Vacilação s/c: incansável/incançável.
 P.B. — s — presentido, incansável.
 ç — dançar, dançarino.
11. J.C. — e P.B. — Vacilação x/s — estrangeiro — extrangeiro; estende — extende.
12. J.C. — Vacilação x/ch — caximbam / cachimbam
 P.B. — Uniformização: cachimbar.
13. J.C. — Uso de z em terminações: ez, eza: inglez, portugueza.
 P.B. — Uso de s nesses casos todos.
 francez (1 ocorrência — erro?)
14. J.C. — Vacilação s/z
 s vasia/esvazia
   despreso/desprezado
   baptisou
   estilisou
   civilisação
   casinhas
   cosinhas
   pobresinhas
   cidadesinhas
   imortalisou
   revoluçõesinhas
 z deslizam, Marselheza, atrazo, gozo, aza, esbrazeado.

P.B. Vacilação s/z
 vazio/esvazia
 trapézio/trapésio
 cidadezinha/cidadesinha
 asa/aza
 casinha/cazinha
 azul/asul
z civilização
 homenzinho
 pobrezinha
s cosinha
 revoluçãosinha

15. P.B. — Adota as formas: quási, cincoenta.

Vogais e grupos vocálicos

1. i/e
   - J.C. diante, igreja/egreja, creatura
   - P.B. deante, adeante, creança igreja, criatura.
2. o/u
   - J.C. logar, logar-commum
   - P.B. lugar, lugar-commum
3. eo/é", ao/a'ı
   - J.C. céo, chapéo páo/pau máo
   - P.B. céu, chapéu (1 ocorrência — chapéo) pau, mau (1 ocorrência — muséo)
4. aes, oes, ues / ais, ois, ues
   - J.C. beiraes, lençoes, azues.
   - P.B. beirais, lençois, azues.
5. oi/ou
   - J.C. oiro, doirado, loiro, poisada, poisa
   - P.B. ouro, dourado, louro, pousada, pousa
6. ae/ai
   - J.C. cae, vae, sae (sahe, cahe, cahem, sahem, sahir).
   - P.B. cai, vai, sai (supressão do h medial).
7. eia/ea
   - J.C. passeia, asseiada
   - P.B. passea, corcovea, asseada, bambolea, golpeia.

Acentuação

1. Proparoxítonas
   - J.C. Em princípio não levam acento. Há casos como: rápido, monóculo, jónico, lápide, lástima, azêmola, cólera.
   - P.B. Todas acentuadas: pântano, anónimo, hábito, quilómetro.

   Vacilação: engraçadíssimo/engraçadissimo (sem acentuação).
   árvores/arvores (sem acentuação)
   Basilica, Desdemona, Caligula (sem acentuação).

2. Paroxítonas
   1. Terminadas em 2 vogais:
      - J.C. Só acentua: lábios (2 ocorrências), génio, ardósia, série.
      - P.B. Todas, em princípio, com algumas vacilações: cemitério, estátua, elegância, funéreo,

espontânea. Mas: corsario, lascivia, lingua, urgencia, cadencia, subterraneo, palacio (alterna-se com palácio) não levam acento.

2. Acento indicando abertura ou não de timbre e acento diferencial:

    J.C. éco, fóra
    côco, côro, sôcco, palhêta
    pára (verbo)
    P.B. idem: této, fóra
    côco
    Vacilações: sôbre/sobre   Sem acento: estrelas, todas,
    sobe/sóbe   segredo, palheta.
    êste/este
    pára (verbo)

P.B. acentua palavras em **vel, veis**: formidável, automóvel, horrível, alugáveis, úteis, túneis, ágeis.
P.B. acentua palavras em r, l, ão, n: cadáver, estéril, órgão, íman.
mas: ambar, açucar, dolman não levam acento.
P.B. acentua: crípta, rítmo, elípse — como se fossem proparoxítonas.

3. Oxítonas

1. Em vogal tônica: á, ã, é, ém, ê, ú (s)
    J.C.   está, anã, café, além.
    P.B.   idem.
exceção: acorda-las.
mas: tambêm, alêm, ninguêm, porêm, levam circunflexo.
exceção: convem, parabens (sem acento).
i (s) não são acentuadas: ali, daqui, covis, quadris.
mas — aí (acentuada)

4. Monossílabos

    J.C.   Acentuados: dá, lá, há/ha, pé, vêr, vê, pó, côr/cor, mór, mis.
    mas tres nunca leva acento (J.C. e P.B.)
    P.B.   a — dá
    e — vê — vêr
    ó — pó

5. Hiatos indicados com acento:
    P.B.   país, ruído. suíno, suíssa, saúdam, núas/nuas, desagúa, súa.

6. Grupos vocálicos (finais, mediais)
   J.C.   éo/éu — céo, chapéo
                ôa   — vôa, entôam
                éa   — plebéa
   P.B.   céu, vôa, plebéa.
                enodoa (sem acento)
   ei, oi (s)   — não são acentuadas: aneis, hoteis, rouxinois, heroi, heroico, reconstroem.

7. Emprego da crase:
   J.C. e P.B. Uso sistemático, com utilização do acento agudo: á esquerda, á porta, ás voltas.
   J.C. uma ocorrência de falta de crase:. . . entrega os cabelos a lascívia.
   P.B. Um caso de falta de crase: de distância a distância.

A colação dos textos de **Pathé-Baby**, antes de qualquer dado mais significativo, revelou-nos a diferença de ortografia existente entre as duas versões. Fato que nos pareceu curioso, pois afinal o intervalo entre a publicação dos episódios em jornal e a edição em livro não é suficiente para justificar diferenças.

O texto do **Jornal do Comércio** adota um sistema ortográfico mais tradicional em relação ao livro, que é de uma modernidade e homogeneidade surpreendentes, num momento em que a hesitação ortográfica é a norma. Na própria edição em livro de **Pathé-Baby**, o prefácio de Oswald de Andrade, a Carta-Oceano, segue um sistema ortográfico tradicional, em desacordo com a obra.

Não é nossa intenção apresentar aqui o levantamento exaustivo que realizamos em torno da questão, a ponto de definirmos um campo a ser pesquisado com mais vagar — a questão ortográfica e o Modernismo — tarefa que implicaria no exame do assunto em dois níveis: o dos debates, projetos, leis e o da prática, nos periódicos e obras, nos quais as posições de autores e grupos se concretizam.

No momento vamos recorrer apenas a alguns dados conclusivos e alguns exemplos elucidativos que permitam caracterizar as duas versões de **Pathé-Baby** em suas peculiaridades ortográficas. Nosso objetivo é ressaltar a posição de Antonio de Alcântara Machado ante um ponto de interesse para o estudo da língua escrita, no Brasil, em plena época modernista.

A hipótese de que Antonio de Alcântara Machado tinha posição definida ante a questão e seguiu um modelo coerente nos pareceu óbvia. Hipótese que se confirmou com um dado ocasional: a informação que Rui Nogueira Martins oferece em artigo sobre o autor, no **Correio Paulistano**[1] dentro do subtítulo **Pela fonética e contra as aspas:**

---

(1) Martins, Rui Nogueira — Para fixar uma lembrança e uma saudade. **Correio Paulistano**, 16 de abril de 1955, São Paulo.

"Ortografia e acentuação eram questões fechadas. Desde a Faculdade, e talvez um pouco antes, (Antonio de Alcântara Machado) adotara, com alguns companheiros a ortografia simplificada de Gonçalves Viana. Era a fonética, que se permitiam, como aquele "ó" aberto de António".
Gonçalves Viana defendia a simplificação ortográfica, com base fonética. E de 1904 há uma obra sua sobre o assunto[2]. Em 1911 participa com Carolina Michaelis e outros, de uma comissão, que elaborou um quadro de normas para a simplificação ortográfica. Normas que, em Portugal, passaram a ser adotadas no ensino.

Mas, entre os escritores, não havia um acordo sobre o assunto. De fato, o quadro era caótico, pois inexistia uma ortografia oficial. José Veríssimo, em 1907[3] se refere aos escritores portugueses, Herculano, Castilho, Garrett, Castello Branco, dizendo que "cada um tem a sua grafia especial. E de cada escritor português e brasileiro se pode dizer o mesmo".

Cândido Figueiredo, em 1913, diz coisa semelhante:

"A ortografia, que, para os antigos padres-mestres, era parte da gramática, está reduzida atualmente a um intrincado e curioso problema".

....

"Todos os escritores estão convencidos de que ortografam bem, e, entretanto, cada qual ortografa de sua maneira. Como desencargo de consciência supõem praticar a ortografia usual. A ortografia usual reduz-se à ortografia de cada um, o que dá em resultado cem ou duzentas ortografias diferentes e quase todas autorizadas".[4]

Aponta como oficial a ortografia do **Diário do Governo** — utilizada, porém, só ali. Defende a simplificação ortográfica tal qual já se realizara na Itália e na Espanha.

O mais comum, em Portugal, era a existência de partidários das fantasias ortográficas de um ou de outro autor, formando grupos que se combatiam. E a questão ia além do âmbito individual, segundo Veríssimo: "No Rio de Janeiro, e será o mesmo em Lisboa, cada jornal, cada oficina tipográfica tem o seu modo peculiar de grafar. Chama-se pitorescamente: a ortografia da casa"[5].

No Brasil é fato conhecido que a iniciativa de sistematização e simplificação ortográfica coube à **Academia Brasileira de Letras**[6]. Medeiros de

---

(2) Viana, Gonçalves — **Ortografia Nacional**, Lisboa, 1904, ed. viúva Cardoso.
(3) Veríssimo, José — **Estudos de Literatura Brasileira**, 3a. série, ed. Itatiaia, B. Horizonte — Ed. USP, S. Paulo, 1977.
(4) Figueiredo, Cândido — Dicionário. 1913, p. XV
(5) Ver nota (3).
(6) Revista da Academia Brasileira de Letras. VI, fasc. I e II, julho-outubro de 1910, Rio de Janeiro.

Albuquerque, em 1907, elaborou um projeto, que passou a ser debatido e submetido a modificações, envolvendo nomes como o de Rui Barbosa, Carlos de Laet e José Veríssimo. Apesar das divergências em relação a detalhes, havia unanimidade de posição quanto à necessidade da adoção de uma ortografia oficial, que fosse simplificada.

A questão se torna mais complicada por envolver acordos com Portugal. E os debates se prolongam anos afora, segundo se depreende do exame da cronologia dos eventos[7].

Em 1926, no Brasil, a ABL aprovou o vocabulário ortográfico de Laudelino Freire. Mas o assunto não se resolveu assim. E nas décadas seguintes ainda assistimos ao desdobramento da questão em etapas que passam a pertencer às esferas políticas. Em 1934 o próprio Antonio de Alcântara Machado em artigo de jornal — **O impasse ortográfico**[8] — comenta os debates na Câmara:

"Os dois membros da **Academia Brasileira de Letras** que defende a ortografia simplificada, falaram num ambiente tempestuoso. De minuto em minuto as campainhas soavam pedindo calma. Porém, a calma não vinha e o debate se acalorava cada vez mais". Amostra de que a questão ultrapassou os âmbitos próprios, adquirindo outras dimensões.

Com estes dados, vemos que Antonio de Alcântara Machado se interessou pelo assunto e optou muito cedo por um sistema ortográfico inovador. Como escritor, canalizou sua posição para o Modernismo. Desta forma, um fato que pode parecer estranho à literatura passa a ter valor de índice a ser considerado entre outros, no conjunto de escolhas que faz o escritor, ao compor seu sistema expressivo pessoal, diante das virtualidades lingüísticas com que se depara[9].

---

(7) Pinto, Edith Pimentel — Atos do drama ortográfico. **O Estado de São Paulo.** Suplemento Cultural, 31 de janeiro de 1978.

(8) Machado, António de Alcântara — O impasse ortográfico. **Diário de São Paulo,** 24 de outubro de 1934.

(9) Sobre a questão, mais de uma vez A. de A.M. se pronunciou em carta. A propósito de uma colaboração, para a REVISTA DO BRASIL, escreve a Prudente de Moraes, neto:
....

"Não respeitaram em meu artigo a divisão em períodos. Passa. Mas por que não respeitaram a ortografia como fizeram com relação aos seus?
"Outra cousa: Alcântara Machado é meu Pai. Eu sou António de A.M. No sumário figura meu Pai e não eu." (25 de setembro de 1926)

Em carta de 3 de outubro de 1926, faz nova reclamação a Prudente:
"Péssima a revisão de minha crônica. Respeitaram mais ou menos a ortografia mas trairam o original".
A 26 de outubro de 1926, em carta que acompanhava um original, recomenda com ênfase:
"Mas **cuidadíssimo** (grifo duplo do autor) com a revisão!
E me respeitem a ortografia por amor a vocês mesmos!
(Cartas da Coleção particular de Francisco de Assis Barbosa)

Por outro lado, pode-se situar as experiências pessoais que muitos modernistas fizeram, no campo da ortografia, entre outras, a nível do vocabulário ou da sintaxe, tendo em vista uma linguagem literária brasileira, diante dos modelos portugueses. Logo, a questão do nacionalismo subjacente às pesquisas do Modernismo não está ausente nesta preocupação modernista de utilizar uma forma de escrever mais aproximada da fala brasileira.

Encarada sob este prisma, as experiências de ortografia, que parecem fantasiosas e gratuitas, ganham uma dimensão de seriedade e mesmo de compromisso — que poucos souberam ver, nas pesquisas de Mário de Andrade, Sergio Millet, Oswald de Andrade — percebidas, muitas vezes, como excentricidades ou caprichos pessoais.

REGISTRO DE VARIANTES

PB. Edição em livro. Título: **Pathé-Baby**
JC. Texto do **Jornal do Comércio**. Título geral que se repete: PATHÉ-BABY. Subtítulo geral que se repete: Panoramas internacionais.
PB. Ouverture: Carta Oceano de Oswald de Andrade
Versão publicada em TERRA ROXA e outras terras, n.º 1, 20 de janeiro de 1926, com a introdução: "Oswald de Andrade escre(v)eu para o livro de Antonio de Alcântara Machado a ser publicado dentro de poucos dias, PATHÉ-BABY, o seguinte prefácio./Carta Oceano.

p.11.	linha 3.	PB. havia bruta vela Praça
		TR. vela na Praça
	linha 6.	PB. apagaria. §Hoje
		TR. apagaria. Hoje (não abre §)
p.12.	linha 25.	PB. gente. Morubichaba respondia: — Não
		TR.gente.Murubichaba respondia: Não
p.13.	linha 7.	PB e TR. amável esse **meu** malogrado (grifo meu)

No exemplar que utilizamos, do Instituto de Estudos Brasileiros da USP, com dedicatória a Yan de Almeida Prado, foi feita a correção na margem, a mão: esse **seu** malogrado (grifo meu). O exemplar dedicado a Mário de Andrade, também do acervo do IEB, USP, traz a mesma correção a mão. Logo, deve ter sido feita pelo próprio autor.

	J.C.	I RECIFE ver apêndice)
p.15	P.B.	1. las palmas
	J.C.	II. Las Palmas
p.17	P.B.	Ilustração
p.19	P.B.	1. apresentação (**negrito**)
	2 — J.C.	vestíbulo arenoso e empoeirado. A cidade.
	5 — J.C.	Modere Ud...(**em grifo**)
	10 — J.C.	cores: há indianos.
	15 — J.C.	em três ou mais línguas.
	18 — J.C.	desfaz, enfeiando irremediavelmente a cidade com o seu cachimbo e as suas liras. [x] Calle.
	P.B.	2. calle mayor de triana (negrito)
	1 — J.C.	Calle Mayor de Triana. (**Inicia a 2.ª parte, mas não vem como subtítulo**)
p.20	1 — J.C.	berrantes (verdes, amarelas, vermelhas) como a gravata.
	27 — J.C.	de interesse para a população: Há dado.
	30 — J.C.	azuis iluminam um balcão cheio de arabescos. Na calçada de suas lojas, indianos de metro e meio de altura chamam.
	35 — J.C.	Municipais de um ridículo incomparável. Motocicletas. [...] gorros. [x] — Hay.
	P.B.	3. religião e pesetas (**negrito**)
	40 — J.C.	É o arranha-céu da cidade. Ergue suas torres muito acima do casario profano. Olha bem do alto os homens e as coisas. Paineira entre arbustos. § À entrada (**Períodos suprimidos**).
	43 — J.C.	cigarrinho com imensa cautela. Dentro.
p. 21	50 — J.C.	capítulo, de madeira maravilhosamente trabalhada. § — La Catedral.
	53 — J.C.	esgalhados como árvores. Diante do altar-mor a lâmpada de prata, grande no tamanho e na beleza. Dois pequenos e graciosíssimos púlpitos, abraçados às colunas. Um.

	59 —	J.C.	santa. Pelos cantos perdidas na vastidão das naves, velhinhas silenciosas esperam confessores. Os santos, nos altares, têm mantos roxos que os escondem. A luz, que os vitrais multicoloridos deixam passar timidamente, aclara as estações, pintadas a óleo, da via sacra. A ascensão do Senhor, acima do altar-mor, rompe com tintas vivas a monotonia branca das paredes. § Do Capítulo.
	63 —	J.C.	repisado, um canto.
	68 —	J.C.	O bom gigante S. Cristóvão, muito barbudo, muito feio, apoiado.
	73 —	J.C.	— Muchas gracias, señores [x] Enfrentando (**Suprimido em PB.**)
p. 22		P.B.	4. assombração (**em negrito**)
	36 —	J.C.	Enfrentando a Catedral, as colunas do Museu. De um lado, o Palácio Episcopal (em estilo árabe); de outro, casas ladrilhadas de alto a baixo, com soberbos balcões de madeira lavrada. E pombas brancas no chão branco da praça. § Surge.
	81 —	J.C.	Surge uma inglesa de óculos, sapatões de sola grossa, chapéu equilibrado no alto da cabeça, cigarro nos lábios. Assustadas, as pombas voam para os telhados...Ah! se as casas pudessem voar também! § A hediondez.
		P.B.	5. vistas (**em negrito**)
	88 —	J.C.	De instante a instante, gravuras de folhinha. Rua estreita, de lajedos grandes, que sobe em caracol. Muros largos com rosas resvalando pelas fendas. Um menino montado num burrico de pelo arrepiado e orelhas imensas. Duas velhotas de vestido preto e mantilha canária conversando baixinho à sombra de uma igreja. § A cidade.
	93 —	J.C.	mar e sobe pelos morros [...] encostas. § Aqui e ali. Aqui e ali, renques verdes de bananeiras. Chaminés riscando o azul pálido do céu. [x] Na Plaza.
p. 23		P.B.	6. despedida (**em negrito**)
	100 —	J.C.	canteiros com ladrilhos azuis em volta, desocupados estirados nos bancos, um engraxate corcunda, um café ao ar livre e muito pitoresco. § Crianças.
	104 —	J.C.	velocípede, pulam, fazem algazarra. Um velho sem colarinho oferece bilhetes de loteria. Mulheres bonitas afastam a mantilha que lhes cobre a cabeça expondo-a à admiração dos homens. § Vista.
	107 —	J.C.	é uma fila de casas que desce da montanha e avança para o mar, batida de luz. § Sobre as ondas.
	109 —	J.C.	Sobre as ondas duas lanchas de proas afiladas, leves como cisnes, correm rápidas como gaivotas. § — Hagan.
	101 —	J.C.	— Hagan Uds. buen viaje! / Abril de 1925 / Antonio de Alcântara Machado.
p. 25		P.B.	2. lisboa
		J.C.	III LISBOA.
p. 27		P.B.	Ilustração
p.29		P.B.	primeiro episódio: ida (**em negrito**)
		P.B.	1. sala de visitas (**em negrito**).
	5 —	J.C.	pula sobre as vagas: desce, sobe, torna a descer, torna a subir. Uma bola.
	9 —	J.C.	Uma cusparada.
p. 30	29 —	J.C.	andorinha, que.
		P.B.	2. é assim (**em negrito**)
	43 —	J.C.	Prédios altos e baixos, antigos e modernos. Largo do Rocio, com D. Pedro IV, diferente de Pedro Américo, parado no centro. O Teatro de D. Maria ao fundo, branco e grande. E alfacinhas.
p.31	49 —	J.C.	Rua Garret (a placa acrescenta que Garret [...] tal).
	54 —	J.C.	bolorentas. Que frio! E que chuvinha impertinente! § Rua

	56 — J.C.	Amorável, merecida e formosa. De mármore, tendo atrás de si a Verdade como seu anjo da guarda. Eça olha sem ver. A Verdade, quase nua, tem três dedos partidos. Não parece zangada por isso. Tantas vezes já tem sido estraçalhada! O que são três dedos de menos para quem tanto sofreu e sofre? Nada. § Diante.
	60 — J.C.	tipos que o Eça de carne conheceu e imortalizou. Aquele gordo, de luvas cor de manteiga e chapéu coco, é o Damaso seguramente. Botinas de elástico que rangem: é o conselheiro Acácio. Agora, o Pinho, de sobretudo, manta e guarda-chuva. Logo a seguir Juliana, batendo as chinelas na calçada escorregadia. § Assim passam.
	68 — J.C.	Assim passam, perpetuando, mais do que o mármore, a obra do artista que os dissecou sorrindo. [X]. § Cais do Sodré.
	P.B.	2. jardim da europa (em negrito)
	70 — J.C.	do Mar, de concepção moderna. Os barcos de pesca, atracados, com os mastros nus, parecem um grupo de árvores.
p.32	74 — J.C.	rimados, com exuberante e gritado patriotismo, o sétimo [...] Portugal de hoje: uma saudade geográfica do Portugal estupendo de ontem. § Dez.
	81 — J.C.	minutos ainda.
	87 — J.C.	— Ah! ladrões! Ficaram com o dinheiro!
	88 — J.C.	Azáfama. Palavras de cólera e desespero. Maldições inúteis.
	92 — J.C.	— Qu'é que eu tanha com issu? Vão lá falar [...] está.
	94 — J.C.	Pedidos e súplicas. O velhote.
	97 — J.C.	maldito? Ó fragateiro! Ah! bom. Lá está ele. [...] safar. § Surge.
p.33	101 — J.C.	Surge um homem [...] e bengalão truculento. § — Apresento-lhes.
	108 — J.C.	E, com extraordinário respeito e admiração extraordinária, o guia [...] baixinho:
	109 — J.C.	Este gajo é o chefe dos revolucionários de Lisboa!
	113 — J.C.	Chove. O ilustre toma também lugar na lancha, que parte, saudado pelas ondas. Acima do [...] ruído das vagas, levanta-se a voz
	120 — J.C.	olhos besuntados de êxtase [...] um olhar dominador sobre [...] elementos. § É como.
p.34	125 — J.C.	É como lhes digo. Um grande homem! Um homem necessário. Isto.
	127 — J.C.	A bordo! o chefe revolucionário teve um ataque tremendo de asma. Ah! Portugal, Portugal, velhinho sem juízo.../ Abril de 1925 / Antonio de Alcântara Machado.
p.35-36	P.B.	segundo episódio: volta (em negrito). (Acrescentado, datado de: Outubro de 1925).
p.37	P.B.	3. de cherbourg a paris (em negrito)
	J.C.	IV. Normandia.
p.38	P.B.	Ilustração
p.41	P.B.	l.pii! (em negrito)
	3 — J.C.	vermelhos. Um silvo. § Rápido.
	16 — J.C.	dividiu geograficamente a terra em triângulos, losângulos, paralelogramos. Muito interesseiro espetou anúncios: **Triple-sec, sauor Erasmic.** Evitou [...] renda, [x] Casinhas. (**Mudança de tipo; correção para savon**).
p.42	P.B.	2. percurso (em negrito)
	29 — J.C.	assim numa.
	31 — J.C.	Cidadezinhas tão pequeninas. O trem [...] pára. As pobrezinhas ficam tão tristes! Ao menos.
	34 — J.C.	em Valogues, Carentan, Can, Disieux e outras. [...] diz. (**Erros foram corrigidos** em PB).
	42 — J.C.	Ele obedece, ofegante.
	43 — J.C.	Ao menos parece. [x] O português.

p.43	53 — J.C.	P.B.	3. o lusíada do compartimento vermelho (em negrito). — É de escacha! [x] Escuridão!
	57 — J.C.	P.B.	4. chiiu! (em negrito) soldados. Há ripas de madeira nas paredes das casas.
	65 — J.C.		veloz, ao encalço de Paris.
	69 — J.C.		fumegantes. Arabaldes tranquilos. (o erro foi corrigido).
	83 — J.C.		bem! / Abril de 1925 / Antonio de Alcântara Machado.
p.45		P.B. J.C.	4 paris V.Paris.
p.46		P.B.	para marcellino de carvalho, filho.
p.47		P.B.	Ilustração.
p.49		P.B.	1. a flama da saudade (em negrito)
	1 — J.C.		A FLAMMA DA SAUDADE
	3 — J.C.		os automóveis giram, aos magotes. As avenidas.
	9 — J.C.		carrinho, em que há uma criança que dorme. Duas. [...] Honra. O monóculo insolente de um bilontra. Paris.
	16 — J.C.		Do solo sobe uma flama que dança: a flama da saudade. Tres [...] Um menino de capote azul, carregando o seu arco, inclina-se sobre a lápide. [...] pau e decifra baixinho, soletrando (tão baixinho!):
	22 — J.C.		Recolhimento de igreja. Em volta [...] tumultuária, gritando no [...] que sobe e se perde. Sob a arcada, só os olhos falam fixando o túmulo. E.
p.50	29 — J.C.		A flama, travessa, baixa-se, levanta-se, contorce-se, joga para o alto uma fumaceira escura que envolve duas meretrizes que chegam.
	32 — J.C.		— ... français en ... mort.
	34 — J.C.		violetas e coloca-o.
	42 — J.C.		sobe e se perde no vozerio.
		P.B.	2. o baile do magic-city (em negrito).
		J.C.	O BAILE DO MAGIC CITY
	47 — J.C.		A tabuleta anuncia: JAVA.
p.51	52 — J.C.		O baile popular do Magic-City é prazo-dado de todas as raças, de todas as idades, de todas as classes. Do amor e da alegria também. Paris.
	60 — J.C.		des Filles-du-Calvaire abraça um indiano.
	64 — J.C.		Que linda boquinha vermelha! [...] traduzem estados de alma, interpretam desejos. Passos.
p.52	80 — J.C.		estonteadora, multicolorida, de baile popular. Peitilhos de casaca. Jaquetões rustidos. [...]. Mamãs suarentas dormitando diante de copos de cerveja. [...]. Um inglês [...] arrastando os cinquenta anos gordurosos de uma rumaica. E o estribilho que recomeça aqui.
	88 — J.C.		E continua lá:
	97 — J.C.		A orquestra que silencia. Por segundos. Logo, irrompem aplausos. A Orquestra.
p.53	104 — J.C.		baixas, há um rapaz e uma rapariga que tremem. O brasileiro, que está na mesa mais próxima arrisca um olho, sorri e sorve a sua limonada, voluptuosamente, § SAMBA.
	112 — J.C.		espasmo de dança, o respeito
	115 — J.C.		bolina. Vida, entusiasmo, triunfo da matéria. § Agora
	116 — J.C.		Agora as orquestras não param. Tocam as duas ao mesmo tempo. Tocam tudo. Sucedem-se as danças sem intervalo. Uma marcha, rápida, é a apoteose final. § — Dejà?
	120 — J.C.		Beijos demorados. Segredinhos. Diálogo de olhares. Promessas mudas. Empurrões.

	123 —	J.C.	calçada saem baforadas de álcool e versos da International. Chuvisca./Abril de 1925/Antonio de Alcântara Machado. (Fim do 1.º episódio — Paris V.)
p.54		P.B.	3. meia-noite, boulevard des capucines (em negrito).
		J.C.	V PARIS (2.º episódio) MEIA-NOITE, BOULEVARD DES/CAPUCINES.
	127 —	J.C.	CAPUCINES/§ Ruidoso, internacional.
	132 —	J.C.	do Cairo, e de Tóquio, revistas brejeiras e livros [...] brilhos verdes, azuis, vermelhos na fachada.
	140 —	J.C.	asfalto, acrobacia de automóveis que se chocam.
p.55	150 —	J.C.	série. Um francês (...) uma magricela.
	154 —	J.C.	Mallet, uma mulher
	154 —	J.C.	enfrenta e magistralmente o esbofetea.
	156 —	J.C.	hein salaud? Tu [...] maiantenaut? O erro foi corrigido em PB: maintenant)
	162 —	J.C.	o chapéu coro do. (Corrigido em PB-coco).
	165 —	J.C.	Chora mais um pouco e acrescenta num soluço: § — le saland. (Erro corrigido em PB:salaud).
	175 —	J.C.	espectadores gracejam, assobiam, afastam-se a custo.
	177 —	J.C.	a velhinha de um quiosque.
p.56	180 —	J.C.	e vem, farejando um amador. Na rua há também táxis de bandeirinha erguida, à procura de fregueses. § Uma norte-americana.
	182 —	J.C.	Uma norte-americana [...] ligas.
		P.B.	4. meia-noite, rue st. honoré (em negrito).
		J.C.	MEIA-NOITE, RUA ST. HONORÉ.
	189 —	J.C.	oficial. Tão simplesmente. Na rua St. Honoré o que.
	193 —	J.C.	O povo são ceixeiras e operários [...] burgueses que unem os corpos e bamboleiam os quadris. A culpa é todinha da primavera. Ela é que lubrifica os membros, inventa desejos invencíveis, conta nos olhos, fala nos lábios dos dançarinos anônimos. § Três. (Erro corrigido em P.B.:caixeiras)
	197 —	J.C.	rua iluminam o baile. Nas calçadas [...]. À porta de um café.
	203 —	J.C.	veículos. De um lado e de outro, há automóveis, ônibus e carros parados. Que esperem! O povo se diverte na rua que é do povo. § Os sons.
p.57	209 —	J.C.	Trazem: a de dançar livremente, alegremente, ao ar livre, contando as estrelas. § Nos intervalos.
	212 —	J.C.	Nos intervalos das danças ôs veículos cruzam o salão de asfalto. Muito depressa porque a vaia é grande e os gracejos são pesados. Os músicos.
	215 —	J.C.	cerveja. Sem perder tempo porque a ânsia de dançar é imensa. § — Java!
	219 —	J.C.	ônibus, feito [...]. O condutor, esse, não resiste. Pula da boléia e, abraça a primeira.
	224 —	J.C.	surpresos e divertidos. Entre [...] discursam, um japonês.
p.58	130 —	J.C.	Truculentamente: Ouvriers Boulangers! Nous allons faire appel a votre colère! Outras frases explosivas cheias de dinamite verbal. Acaba berrando em letras vermelhas: Debout la Boulange. § Mas.
	235 —	J.C.	Assim, os cartazes gritam a realidade má e estúpida da vida. E é para esquecê-la que o povo dança, dança, dança, ao som de um banjo e da sanfona, noite adentro, na rua St. Honoré. § O condutor.
	237 —	J.C.	combina, com o seu par, um encontro para o dia seguinte. § Ah! o destino.../Maio de 1925/Antonio de A. Machado. (Fim do 2.º episódio. V Paris).
		P.B.	5. fête foraine (em negrito) (Acrescentada em PB)
p.59		P.B.	6. espírito gaulês (em negrito) (Acrescentada em PB)

p.60	P.B.	A gente.ri./Abril, Maio e Outubro de 1925/.
p.61	P.B.	5. de paris a dives-sur-mer
p.63	P.B.	Ilustração
p.65	P.B.	1. rodovia (em negrito)
	3 — J.C.	atrás, oculto pela bruma.
	4 — J.C.	As cidades se abrem para que a estrada passe: Bougival, St. Germain-en-Laye, Nantes-la-Jolie. § E os prados.
	8 — J.C.	E os prados se estendem, tapetes felpudos. Paisagem [...] ergue e leva. § Telhados.
	13 — J.C.	esguio é Bonnières, é Fontaine-la-Soret, é Malbrouck, é Duranville. Tantas. Nem [...] pousos. Têm sempre um Hotel du Grand Cerf e um monumento aos mortos da guerra. § Os mortos são divididos em duas classes distintas: os que a pátria obrigou a morrer e os que pacificamente, tão simplesmente morreram. Estes, com uma cruz barata em cima, jazem ao pé das sacristias. Aqueles têm o corpo ninguém sabe aonde. E a alma, então? Mas o nome figura sempre no indefectível monumento (galo gaulês de bico escancarado no alto de uma coluna ou mulher de pedra erguendo uma palma de bronze), com dedicatória: "a nos morts glorieux". Ou ainda: "Aux héros morts pour la patrie". § Os parentes.
	20 — J.C.	Os parentes soletram-no com orgulho. Entre.
p.66	P.B.	2. visita (em negrito)
	23 — J.C.	costas, pedalando furiosamente, ciclistas. [...] estrada. Amorosamente os olhos refletem as árvores, o cheiro da terra dilata as narinas e os corpos se cansam para a carícia da grama. § Aos domingos.
	P.B.	3. santidade (em negrito)
	32 — J.C.	vermelhos cobrem os ramos.
	38 — J.C.	cabeça sangrenta, reproduz de distância à distância, o espetáculo eterno de seu martírio. Torna religiosa a serenidade triste da paisagem. § Terra que.
	41 — J.C.	e lhe foi mestra de virtudes suaves. Contemplando os campos de Lisieux, a discípula, se fez boa e cândida. Sem [...] santa. [x] § O pitoresco.
	P.B.	4. descanso de dez minutos (em negrito)
p.67	47 — J.C.	Os telhados vêm descendo, vêm descendo, vêm descendo procurando o chão. Os pássaros fazem ninhos nos beirais trabalhados. Nas ruas do canal as casas olham a sua imagem que treme. Cheiro [...] de porão fechado. Passam roupas domingueiras. § No balcão.
	53 — J.C.	glicínias, u'a mulher ergue nos braços o filhinho que sorri. Parado na calçada, um padre namora o céu azul. [x] § Depois de.
	P.B.	5. deauville (em negrito)
	57 — J.C.	Depois de Trouville que trabalha, ao seu lado Deauville. Ao longo da praia, estende o casario elegante. Hotéis e vilas, chalés aristocratas. Campos de tênis. Jardins fidalgos. § Não se vê.
	59 — J.C.	Não se vê mas se adivinha o francês [...] enluvados, todo mesuras diante da estrangeira rica. § — Oh! madame.
	63 — J.C.	ravissante! § Não se vê mas se pressente a norte-americana (...) bengalinha.
	66 — J.C.	Beautiful! Oh! oh! Wondenful! (Erro corrigido em PB: wonderful)
	68 — J.C.	russa (que a revolução exportou), e o príncipe.
	72 — J.C.	O verão verá tudo isso. [x]. Pelas ruas.
p.68	P.B.	6. Saudade (em negrito)
	74 — J.C.	Trouville, um automóvel. Na boléia. (PB: No boléia — erro, no livro)
	78 — J.C.	Um italiano berraria logo: Si puó? Si puó? E, sem esperar resposta,

			desandaria por aí afora. § Mas.
	81 —	J.C.	aos bocadinhos (Pour les enfants, allure moderée) é a voz da saudade brasileira que cantarola dentro da gente. § O paiaço o que é?
	88 —	J.C.	A saudade continua. § — Hoje.
	93 —	J.C.	delirante ...[x] § Blouville Sur Mer.
		P.B.	7. antiguidades (**em negrito**)
	96 —	J.C.	Blouville Sur Mer e Villers Sur Mer prolongam Deauville para o alto. Cidadezinhas de restaurantes, hotéis e vilas, onde os ricos repousam dançando. § Depois, Houlgate. Pequenina, à beira do oceano. Os telhados vermelhos, entre maços de arvoredo, acompanham a curva da praia. Tudo reluz e ri. A beleza dos jardins revela a primavera. Jardineira florida, Houlgate espelha o esplendor azul do mar. [x] § Em Dives Sur Mer (**Parte suprimida em P.B.**).
p. 69	104. —	J.C.	Mr. Le Rémois é o proprietário. Hoteleiro artista. Velhinho e feliz. Tem a religião de sua casa. Mostra-a, amorosa, comovidamente. § A sala.
	115 —	J.C.	carta em que a indiscreta senhora conta à filha que na Hostellerie (...) velhinha cerca de carões que a gaforinha de Dumas Pai capitanea. § — C' est.
p. 70	126 —	J.C.	mãe. § Duas salas, a seguir, repetem o deslumbramento. Nas paredes
	127 —	J.C.	historiador: Mr. Le Rémois. § Diante.
	129 —	J.C.	esquerdo, concentra-se o velhinho e lá vem, balbuciada e minuciosa, a biografia da.
	136 —	J.C.	là parmi.
	138 —	J.C.	Mr. Le Rémois passou, viu aquela [. . .] e foi logo.
	145 —	J.C.	sorri: um sorriso de satisfação. E todos sorriem em torno dele: um sorriso de congratulações. § Beirando.
	146 —	J.C.	Luis XIV, esplendor florido, segue o museu de beleza. Sala de chá ou sala de estar, cada compartimento é uma coleção: desenhos originais de Grévin, gravuras velhas, autógrafos graúdos, versinhos apimentados, inscriçõs sugestivas, como esta: § Rejouis-toi.
	154 —	J.C.	Tão sereno, tão alvo, tão feliz, entre tulipas e antiguidades Mr. Le Rémois fala das suas viagens à Espanha, à Itália, pelo interior da França, à cata de coisas belas. § Três.
	156 —	J.C.	Três espanhóis e três espanholas são seis gramofones de corda incansável em torno.
	159 —	J.C.	O velhinho, mansamente, dá uma última explicação à porta da estalagem. Tudo é azul: o céu, o mar como os olhos de Mr. Le Rémois. § — Bonjour!
	162 —	J.C.	volta a acariciar a barbicha cor de espuma /Maio de 1925/ Antonio de Alcântara Machado.
p.73		P.B.	6. londres (parte acrescentada na edição em livro, datada de Maio de 1925).
p.75		P.B.	Ilustração
p.77			1. charing cross (**em negrito**)
p.78-79			2. humorismo (**em negrito**)
p.80			3. quadro de vistas simultâneas' (**em negrito**)
p.80-81			4. good save the king (**em negrito**)
p.81-82			4. hyde-park (**em negrito**) (**número repetido no livro**)
p.83		P.B.	7. milão (**em negrito**)
		J.C.	VII MILÃO
p.85		P.B.	Ilustração
p.87			1. compêndio urbano (**em negrito**)

37

	2 — J.C.	A Galeria Vittorio Emanuele é a cidade em compêndio. A tarde, em torno dos restaurantes e dos cafés, Milão gira. § Raparigas.
	3 — J.C.	Raparigas lindas. A qualquer hora. Só as alugáveis carregam na bolsa o vermelho dos lábios ou o rosado da pele. Em todas, olhos de tragédia, atitudes e gestos de mulher fatal. § Homens.
	6 — J.C.	caricatos. De uma elegância[...]. Formidável. No alto da cabeça, os cabelos formam um chumaço. Dos lados, o coco é raspado à navalha. O conjunto dá uma impressão de jardim suspenso, de floresta meio destruída pela queimada. As calças são sacos. Os paletós param inesperadamente pouco abaixo da cintura. Bengalinha em punho, com o olhar despem e apalpam as mulheres que passam. Reúnem-se em.
	14 — J.C.	Ambiente de camarim, de caixa de teatro. A multidão é feita de cantores sem contrato, de maestros cabeludos, de coristas sebentos. Em todas as rodas um só assunto: canto. § Diante.
	17 — J.C.	criados formam um público numeroso e embevecido. § Carabineiros.
p. 88	21 — J.C.	Floristas ambulantes oferecem.
	25 — J.C.	La Sera! § Comentam-se coisas tenebrosas. § Num vilarejo perto de Messina, um velho sai de sua casa, mata nove pessoas, fere muitas e é morto pelo sobrinho. § — Um demente. Povero vecchio...§ O lobo do jardim público de Milão escapa da jaula, morde a barriga da perna de um vagabundo e, depois de perseguido uma noite inteira, alvejado a tiros de revólver e mosquete por dez carabineiros, vinte guardas municipais e trinta populares de coragem, morre estraçalhado. § — Hanno ucciso il lupo. Per fortuna. Una bestia feroce... § Mulheres grávidas. (Parte suprimida em P.B., livro)
	26 — J.C.	andar solene (...) femininos são quilométricos x . § Na Piazza S. Fedele. 2.derrota brasileira (em negrito). (Esta parte em JC vem em seguida ao episódio que em PB traz número e subtítulo: 3. notabilidades amestradas. (em negrito), Logo, houve alteração na ordem das partes.
	34 — J.C.	janela escancarada no índigo. No
	38 — J.C.	taça ou da mistério de uma pupila. (o erro desaparece, pois houve supressão em PB.
	43 — J.C.	fervilhando a torcida da assistência caipira.
	43 — J.C.	caipira. A poesia sertaneja vibra a sua beleza sincera. Esgrima
	43 — J.C.	Esgrima luminosa de
	44 — J.C.	tamborila na caixa do violão os dedos nervosos, atrapalha-se, emudece.
	47 — J.C.	mistura a gritaria da caipirada
	47 — J.C.	caipirada e o ruído da
p. 89	49 — J.C.	**Madre infelice**
	50 — J.C.	(Batendo sola o sapateiro do andar térreo desmancha com a garganta o milagre da visão brasileira).
	52 — J.C.	...**corro a salvarti**
	53 — J.C.	piano. § Sete de junho (Em J.C. este **parágrafo vem a seguir e em PB abre o episódio 4. regozijo nacional (em negrito) p. 90, linha 86)**
	54 — P.B.	3. notabilidades amestradas (em negrito)
	55 — J.C.	Manzoni (que paga o crime de haver escrito **I promessi sposi** recebendo dia e noite sol e chuva no lombo), o homenzinho.
	61 — J.C.	cercado por dezenas de olhos extasiados, o homenzinho diz com doçura: § — Adesso.
	63 — J.C.	Francisca Bertini acode.
	69 — J.C.	castigo, para exemplo e edificação dos demais, o homenzinho exige: § — Ancora.

p. 90	75 —	J.C.	Mascagni, brutalmente belisca os dedos do domador que sorri e desaparece por trás da Chiesa de San Fedele. § — Adesso!
	78 —	J.C.	Duse. No. No. La Duse!
	79 —	J.C.	Eleonora, por sua vez, aproxima-se. § — Vá!
	83 —	J.C.	Lá vem o poeta. § A assistência. (...) fecha o piano. (Ver PB p.88)
		P.B.	4. regozijo nacional (em negrito)
	89 —	J.C.	das leppelas[...]cartazes: Viva el Re. Viva il Fascio, Viva il Duce. Tarata-tchim-bum de bandas ambulantes. Orgulhosa exibição de camisas pretas [...]. universais. § Precedidos. (corrigido em PB: lapelas)
p. 91	96 —	J.C.	Precedidos pelos sons inflamados do hino fascista [...] mortos de 48.
	105 —	J.C.	sombra. Diante do retrato do rei, na montra de um fotógrafo, a multidão descobre-se. A chupeta [...] tricolor [x]. § Ao pé da.
		P.B.	5. aspecto (em negrito)
	110 —	J.C.	(hediondez de bronze), os bondes amarelos descarregam e recebem gente. § Ao contrário.
	113 —	J.C.	Ao contrário dos homens as azêmolas dos carros e das carroças usam chapéu. De pano claro, com dois buracos para as orelhas. Algumas têm direito a guarda-pó. Parecem fugidas de um álbum infantil de Benjamim Rabier. § Os cachorros.
	116 —	J.C.	são mais infelizes: usam focinheira.
p. 92	120 —	J.C.	O calor pesa. § Dos pórticos dos dois palácios laterais transborda para a praça o vozerio da multidão inquieta. § Nas escadarias. (Período suprimido em P.B).
	122 —	J.C.	postais assaltam os estrangeiros. § No alto.
	124 —	J.C.	No alto, bem na ponta de flecha rendada, a Mandonina, vestida de oiro, mira-se no sol moribundo como num espelho. Junho de 1925/ Antonio de Alcântara Machado.
p. 93		P.B.	8. veneza.
p. 95		P.B.	Ilustração.
p. 97		P.B.	1. país da música (em negrito)
	2 —	J.C.	do campanile fogos.
	16 —	J.C	com estridores de metais.
	21 —	J.C.	ganha espaça, bate asas. (Corrigido em PB: espaço)
p. 98	35 —	J.C.	notas. Segredo. Aos poucos.
	50 —	J.C.	abandonado. § Marcando.
p. 99		P.B.	2. país do canto. (em negrito)
	58 —	J.C.	o Campanile cala os seus bronzes para ouvir.
	67 —	J.C.	A orquestra toma uma direção; o tenor outra. Separam-se brigados. Com o juramento de nunca mais se encontrarem. § Um trono.
p. 100	81 —	J.C.	Do céu, galinheiro apinhado, as estrelas enviam piscadelas [x]. § A gôndola. 3. ronda noturna (em negrito)
	83 —	J.C.	preta, no silêncio indigo da noite, caminha como uma assombração. § Premi, ôh!
	89 —	J.C.	ôh! § Do desconhecido chegam fantasmas
	91 —	J.C.	paixões vividas. É
	93 —	J.C.	primeiro Palazzo
	95 —	J.C.	noite sambreada. (Corrigido em PB: sombreada)
p. 101	103 —	J.C.	estende as belas mãos
	104 —	J.C.	gôndola desliza sob a Ponte
	113 —	J.C.	águas. § Do portão. (PB acrescenta: O pigarro do gondoleiro)
p. 102	131. —	J.C.	esperam um caixão. Abafando os soluços de Cosima, a Marcha fúnebre de Siefrid anuncia-o. O cortejo parte (o vento da tempestade

			viva uma sinfonia desesperada) [...] Alemanha. § — Stai, ôh! (Corrigido em P.B.: Siegfried, uiva)
	141 —	J.C.	ladrão, ou uma cobra, ou um destino anônimo.
	148 —	J.C.	sinistro. Há duendes de capas espanholas. Mulheres bifrontes maxixam com esqueletos. Das casas.
	155 —	J.C.	A Ponte dei Sospiri goteja sangue. § — Premi, ôh!
	159 —	J.C.	sobre a cidade bela, a cidade morta, a cidade podre, a cidade meretriz. No Bacino.
p. 103	163 —	J.C.	(Mas por que, coração, coração, que precisas de um gondoleiro? § Stai, ôh!...ôh...§ Julho de 1925 / Antonio de Alcântara Machado.
p. 105		P.B.	9. florença.
		J.C.	XII Florença.
p. 107		P.B.	Ilustração.
p. 109		P.B.	1. posteridade (em negrito)
	2 —	J.C.	Florença fez da [...]. É pena que não haja uma tradução.
p. 110	32 —	J.C.	postais, avança o nariz [...] cêntimos. § Perto.
p. 111	42 —	J.C.	mentira. § Entre vilas [...]. Fiesole.
	49 —		(Parte acrescentada em P.B., livro)
		P.B.	2. viagem de estudos (em negrito)
p.112		P.B.	3. tesouro de preciosidades (em negrito)
	73 —	J.C.	não, sorridente ou séria; da Adorazione
	81 —	J.C.	medíocres, todos dão [...] pintura, cujos diretores, papas ou nobres, os obrigaram a reproduzirem até não poderem mais modelos idênticos, cem vezes copiados, uma infinidade de vezes recopiados. § As galerias.
	86 —	J.C.	italianas fazem descrer da invenção humana. [...] séculos. Confrangem a alma da gente. Muito mais do que uma afirmação de arte, são uma afirmação de fé. O poema.
	92 —	J.C.	dinâmica e livre de Leger.
p. 113	93 —	J.C.	Ingelzas de [...] de Venere com muque. (Corrigido em P.B.: inglesas)
	98 —	J.C.	Na Piazza degli Uffizi o sol ilumina brasileiros gordos. § Rouxinóis.
		P.B.	4. engorda (em negrito)
	115 —	J.C.	Cioccolato. § — Ahn!...§ está justificada a pança.
p. 114	117 —	J.C.	O perfume doce é dos jasmineiros floridos. § Sobre o Arno.
	130 —	J.C.	Carraia e
		P.B.	5. concerto (em negrito)
	134 —	J.C.	melodia napoletana latiniza
p. 115	149 —	J.C.	e segue adiante. § Senhor [...] fortíssimo /. Julho de 1925 / Antonio de Alcântara Machado.
p. 116-117		P.B.	10 bolonha
		J.C.	XIII BOLOGNA
p. 119		P.B.	Ilustração
p. 121	1 —	J.C.	Não deve haver guarda-chuvas. Pórticos.
	10 —	J.C.	graça. § Peregrinos.
	21 —	J.C.	Asinelli, que risca no azul uma vertical audaciosa. Cercando [...]. Ortopédico. A música de.
p.122	28 —	J.C.	Il Resto del... [x] PISA.
p. 123		P.B.	11. pisa

p. 125		P.B.	Ilustração.
p. 127	13 —	J.C.	é galeria. De uma
p. 129		P.B.	12. lucca
		J.C.	Amicíssimos. / LUCCA
p. 130		P.B.	Ilustração
p. 133	5 —	J.C.	Quercia ressuscita Ilaria del Carreto num milagre de beleza eterna. § No R. Albergo.
	8 —	J.C.	de casaca serve
p. 135		P.B.	13. siena
		J.C.	Só. SIENA.
p. 137		P.B.	Ilustração
p. 139	4 —	J.C.	branco é um milagre de mármore
	16 —	J.C.	Moscas. Moscas. Moscas. § Sobre.
	20 —	J.C.	caixão enfuuebrece a ladeira vazia. (Corrigido em P.B., livro: enfunebrece
		J.C.	preto. / 1925 / António de Alcântara Machado.
p. 141		P.B.	14. nápoles
		J.C.	VIII Nápoles.
p. 143		P.B.	Ilustração.
p. 145		P.B.	1. passeio (em negrito)
	8 —	J.C.	marcando o fogo o mar de anil.
		J.C.	Ciccolato Perugina. É vietata l'afissione. Gritos. (Corrigido Cioccolato, em P.B.)
	17 —	J.C.	S. Cristóvão e esta.
	20 —	J.C.	O palácio aparenta quatro séculos de abandono. Tem, de fato. § O homenzinho.
p. 146	24 —	J.C.	Ana! Fez de sua cama um albergue voluptoso. E quando.
	28 —	J.C.	Uma cusparada de nojo.
		J.C.	Posillippo. [x]. § De longe.
		P.B	2. lixo (em negrito)
	33 —	J.C.	longe, o mau cheiro [...] Mercato. É preciso ser napolitano para não abalar com o lenço no nariz. Os vendedores [...] (os pés...).
	38 —	J.C.	Lavinaro. Pior ainda. Sentina habitada
p. 147	42 —	J.C.	Tascas. Dois olhos.
	53 —	J.C.	(Não abre parágrafo). Dois olhos [....]. Blasfêmias intermináveis [...] **Omaggio a Maria S.S. del Carmine, Viva Maria S.S. del Carmine.** em baixo
	59 —	J.C.	**(Não abre parágrafo).** Uma velhinha [...]. Pitoresco.
	63 —	J.C.	Dá uma imensa saudade de creolina [x]. São dois.
		P.B.	3. garotos **(em negrito)**.
	65 —	J.C.	São dois. O mais.
	69 —	J.C.	Oferecem ramos de cravos.§ — Due.
	71 —	J.C.	Insistem. Choram fome e miséria. [...] ranho que desce do nariz, pe- de cigarro. Um inglês joga-lhe o toco que fumava. O outro.
p.148	78 —	J.C.	Nada. A generosidade inglesa é difícil.
	80 —	J.C.	Complica então a ginástica.
	96 —	J.C.	Os garotos [...] montado. Um, o menor de todos [...] e junta as mãos chorando. O inglês como ri! [x]. § À noite Nápoles canta, pi- res na mão, diante dos restaurantes e dos hotéis. / É um ofício e é uma necessidade. As lágrimas da canção correm às vezes no rosto dos cantores. / A melodia sublinha sempre três palavras: **amore, Napole e Mari.** Delas, em notas agudas, de um violino, de uma gui-

		tarra e de uma garganta se compõe a serenata. Cá em baixo nunca faltam forasteiros para pagá-la. Lá em cima a lua e as estrelas para ouvi-la. [x]. § Agora o mar. **(Parte suprimida em P.B.)**
p. 149	P.B.	4. vedere napule **(em negrito)**
	102 — J.C.	Agora o mar cantarola baixinho para Nápoles adormecer. § ao longe.
	106 — J.C.	Posilippo, o colar de lâmpadas, ardendo, crava no mar punhais tortuosos. E o mar sangra, entre frêmitos, gotas de luz.
	109 — J.C.	Escuro, ainda mais que o negro pensamento dos homens, é uma pira imensa fumegando. O vento [...]golfo. § Há em tudo um êxtase. Só as ondas estremecem e gemem sob a carícia doirada da luz. A natureza é um prodígio de cenografia fantástica. § Da cratera.
	112 — J.C.	Da cratera do Vesúvio parte um rojão de lágrimas que ficam no céu, suspensas. Despontam, aos grupos, brilhando. E vão cercar a lua. No fundo, lado a lado, Sorrento Castellamare e Torre Annunziata piscam olhinhos esbraseados. § Sob.
	115 — J.C.	Riviera, sons trêmulos de bandolim iniciam a serenata. A voz do barítono canta a história do corsário loiro que a sereia fez morrer de amor. **Sirena.**
p.150	120 — J.C.	A Via-Láctea é uma prolongação mais pálida da fumaça do Vesúvio, que a brisa esgarça e espalha no ar. § /... **s'io.**
	124 — J.C.	A lua se enfeita com véus de fumo e nebulosa... **so pure amar!**
	126 — J.C.	Pavlova desvairada, estende lá do alto os pés de oiro e vem dançar sobre o mar a dança de Salomé. /... **un navigante.**
	131 — J.C.	Sobem num crescendo delirante. A voz do barítono explode e se apaga em soluços /...era.
	134 — J.C.	Quietude iluminada. / — Junho de 1925 / Antonio de Alcântara Machado.
p.151	P.B.	15. perugia — Junho 1925 **(Partes acrescentadas na edição em livro: 15,16 e 17)**
p.153	P.B.	Ilustração
p.157	P.B.	16. assis — Julho de 1925
p.159	P.B.	Ilustração
p.165	P.B.	17. roma — Julho de 1925
p.167	P.B.	Ilustração
p.175	P.B.	18. barcelona
p.177	P.B.	Ilustração
	J.C.	XIV/BARCELONA /
p.179	P.B.	1. a cidade **(em negrito)**
	J.C.	A CIDADE
p.180	27 — J.C.	mantilha. / A TOURADA /
	28 — J.C.	O touro joga-se contra outro.
p.182	102 — J.C.	pateado. [x]. § O cavalo.
p.184	135 — J.C.	guisos. Recolhendo aclamações.
	137 — J.C.	Aida. / Setembro de 1925 / Antonio de Alcântara Machado
p.185	P.B.	19. sevilha — setembro 1925. **(Partes acrescentadas no livro: 19,20,21,22 e 23)**
p.187	P.B.	Ilustração
p.197	P.B.	20. córdoba - setembro 1925

p.199	P.B.	Ilustração
p.205	P.B.	21. granada — setembro 1925
p.207	P.B.	Ilustração
p.211	P.B.	22. madrid — setembro 1925
p.213	P.B.	Ilustração
p.219	P.B.	23. toledo — setembro 1925
p.221	P.B.	Ilustração

EPISÓDIO NÃO INCLUÍDO NA EDIÇÃO EM LIVRO

Pathé-Baby — Panoramas Internacionais*

I

RECIFE

Marcando o limite das águas, um friso de areia longo e fino: a praia do Pina. Outro o prolonga, muito, muito alvo, como se a espuma das ondas que galopam e se quebram se houvesse solidificado ao contacto da terra: a praia da Boa Viagem.

Coqueiros fixando impassivelmente o mar. Aos grupos. Verdes esgalgados.

Brancura caiada de casas. Um xadrez de folhagens e telhados. Torres de igrejas. Faísco de janelas ao sol.

É Recife. Tem um namorado: o casario de Olinda que a contempla do alto de sua colina, sorriso e alegria da paisagem.

X

O que há de mais notável em Recife é o peixe-boi do parque do Amorim. É superior mesmo ao Beberibe e à Faculdade de Direito. Bem mais original, bem mais interessante.

O parque do Amorim se resume em poucas dezenas de jovens eucaliptos. O peixe-boi está no centro, dentro de um tanque. Peixe, vive na água. Boi, come capim. É feio e chama-se Chico.

O guarda, castanholando os dedos, convida o Chico a se apresentar:

— Chico! Chico! Vem, Chico!

(*) **Jornal do Comércio**, edição de São Paulo, 29 de Abril de 1925.

A cara peluda, depois o dorso escuro do bicho aparecem logo, pingando.

Chico é obediente e de uma paciência bovina. É popular, querido. A visita ao Chico é obrigatória para todos os forasteiros. Chico é o Butantã do Recife.

A cidade exala um forte perfume colonial. Há ruas e ruas de casas pequeninas, cobertas alegremente de azulejos, com sacadas de ferro ou de madeira, algumas de três, quatro, cinco pavimentos, acotovelando-se, espremendo-se umas contra as outras de tal maneira que a gente tem a impressão de que uma delas vai saltar logo fora, impelida pelas vizinhas.

Aqui, ali, acolá, por toda a parte, casarões enormes, com armas na frontaria e estátuas brancas nas escadas e no jardim, ostentando uma opulência de janelas matarazziana, e tendo sempre por guardas (e ornamento também) coqueiros centenários que bem no alto misturam as copas e fitam arrogantemente o céu.

Ao lado de casas moças, caiadas de fresco, ruínas desmanchando-se em pó. São os cabelos brancos de Recife...

X

Aquela rua extensa e vistosa, aberta no coração da cidade, chama-se rua da Imperatriz Tereza Cristina. Aquela outra, igualmente larga, igualmente comprida, é a rua do Imperador.

Assim, Recife ainda conserva a nomenclatura antiga de suas ruas. Amorosa, teimosamente.

Aí, em S. Paulo, o sistema é diverso. A nomenclatura muda com os regimes, os homens e as situações. A rua da Imperatriz desde muito já não o é. Perdeu seu sangue azul e seu esplendor monárquico. A República fê-la plebéia e batizou-a com a data de sua proclamação.

Em Recife, o passado não passa: carinhosamente, o presente o conserva.

A rua do Imperador e a da Imperatriz Tereza Cristina são das maiores que a cidade possui. Têm o perfume singular das coisas antigas mas não esquecidas nem desprezadas.

Há também (pudera não!) uma rua 15 de Novembro. Mas tão acanhada e humilde, a pobrezinha! Legítima filha do povo. Única manifestação visível da democracia nesta verde terra brasileira.

X

A cada passo, ginásios, liceus, escolas. Igrejas velhas. Edifícios novos.

Ruas limpas, de calçamento macio. Poucos negros. Orelhas em asa. Bondes amarelos. Cabeças chatas. Mil e cinqüenta e seis automóveis ordinários (pondo de lado os oficiais que são republicamente numerosos e magníficos). A herma do paulista Oswaldo Cruz. Outras mais, insignificantes como aquela. Pouca gente nas ruas (é domingo).

— O cavalheiro poderia me dizer qual é a rua mais importante da cidade?.

— Pára mim, tódas as ruas são impórtantes!

Ah! o orgulho insolente do nortista, cantando em acentos agudos.

X

O vapor dá três roncos e desliza.

No porto, o Barão do Rio Branco, de bronze, trepado em seu pedestal, enfrenta o mar verde, azul, cinzento.

O vento traz da terra um último bafejo de calor e perfume brasileiros. Barquinhos, oscilando com as vagas, sacodem as velas dizendo adeus.

Sobre Olinda, que o sol ilumina, passam nuvens como gaivotas brancas de imensas asas estendidas no azul.

No alto de um edifício público, muito longe, cada vez mais longe, uma bandeirinha verde e amarela palpita,

Março de 1925. ANTONIO DE ALCÂNTARA MACHADO.

O texto de J.C. sofreu modernização de grafia, nesta transcrição nos seguintes casos:
1. Simplificação de consoantes duplas:
   CC — accentos — acentos
   FF — officiaes — oficiais

   ll — collina — colina
   janella — janela
   pelluda — peluda
   dellas — delas
   impellidas — impelidas
   alli — ali

   cabellos — cabelos
   aquella — aquela
   amarellas — amarelas
   osccillando — oscilando
   illumina — ilumina

2. Redução dos **grupos**:
   nm — inmensa — imensa
   mn — gymnasio — ginásio
   pt — baptisou — batizou

3. Substituição dos **dígrafos helenizantes**:
   th, ch — Thereza Christina — Tereza Cristina
   monarchico — monárquico

4. Substituição de y por i, em:
   eucalyptos — eucaliptos
   systema — sistema
   gymnasio — ginásio
   lyceus — liceus

5. Substituição de e, o por i, u, nos ditongos:
   internacionaes — internacionais
   céo — céu
   officiaes — oficiais

6. Substituição de an, em sílaba tônica, final.
   Butantan — Butantã

7. Supressão de h medial:
   ahi — aí

8. Substituição de s por z em:
   pobresinha — pobrezinha
   aza — asa
   deslisa — desliza

9. **Acentuação:**

   1. Colocação de acentos em: três, também, centenários, águas, faísco, notável, paciência, opulência, estátuas, obrigatória, República, ruínas, monárquico, aí, há, legítima, única, visível, ginásio, magníficos, automóveis, ordinários, último, edifício, público.

   2. Eliminação de acentos em:
      fóra — fora

   3. Substituição de acento agudo para grave, nos casos de crase: à Faculdade.

10. Formas verbais, com pronomes:
    fel-a — fê-la

11. Substituição de:
    cincoenta — cinqüenta
    plebéa — plebéia
    regimen — regime

— Foi feita correção em: Boa Viagem, que em J.C. aparece: Boa viagem. É popular — em J.C. E popular.

— Foi mantida a acentuação em: — **Pára mim, tódas as ruas são impórtantes!** (O autor procura reproduzir a abertura de timbre típica da pronuncia nordestina).

SELEÇÃO DE CRÍTICAS SOBRE A OBRA
PATHÉ BABY
Sérgio Buarque de Hollanda

O velho jacobinismo dos nossos românticos de 1860, tipo "todos cantam sua terra também vou cantar a minha" começa a ser brilhantemente ressuscitado pelos nossos românticos de 1926. Depois de tantas experiências vãs que a gente sofreu para esquecer essa atitude, o resultado é que o mais ligeiro esforço no sentido de exprimir mais profundamente o "estilo nacional", ajeitando bem ele na nossa produção literária e artística, bastou para que voltasse à tona com ruído. Mas agora é se conformar com ela, já que os mais ousados dentre nós tiram o melhor partido de sua eficiência.

Tudo isso não é dito a propósito do livro que Antonio de Alcântara Machado nos apresenta: **Pathé-Baby**. Mas é sugerido por ele. É possível que o autor imaginasse a moralidade do livro (quatro versos da Canção do Exílio) antes de terminar ele. Não creio, mas é possível. Nesse caso ela veste bem a atitude constatada. O mais provável e o mais crível é que ela surgisse à-toa, por um achado feliz, e ainda importa acentuar este fato como significativo de uma orientação.

Importa acentuar sobretudo porque se trata duma orientação fecunda, embora a muitos possa parecer ingênua ou coió em excesso. Pois foi também uma fecunda ingenuidade essa que traduziu o "Sur le pont d'Avignon" dos emboabas no nosso delicioso e brasileiríssimo "Surupango da vingança". Não seria isto um argumento decisivo?

O objetivismo do livro de Antonio de Alcântara Machado — porque **Pathé-Baby** é extremamente objetivo, apesar de seu autor parecer de vez em quando com um esplêndido caricaturista — dissipa a suspeita de que ele tenha tomado qualquer partido prévio antes de se dispor a descrever suas impressões através dessa Europa "gostosa e rídicula".

O que ele faz, e talvez sem querer, é fornecer um excelente correlativo a quanto alguns estrangeiros cultos e irritados têm escrito da nossa civilização desajeitada. Trata-se positivamente de um tipo de brasileiro que Joaquim Nabuco não previu.

Diante de algumas páginas deste livro a gente sente uma bruta vontade de comparar ele aos contos de Paul Morand e muito mais a certas páginas

---

(*) **Terra Roxa e outras terras**, n.º 6, 6 de julho de 1926. S. Paulo.

do diário íntimo de Barnabooth de Valery Larbaud. Mas tudo isso com reservas. Nos franceses predomina a impressão pessoal dos sítios que eles observam e percorrem. Eles se demoram nela e acham bom observarem-se a si mesmos. Quase sempre a nota subjetiva dá o tom, se não serve de ritornelo. Isso é sobretudo verdadeiro quando se trata de Larbaud.

O Autor de **Pathé-Baby** cabe perfeitamente bem dentro das tendências e correntes modernistas em tudo quanto nelas corresponde à fórmula estupenda de Jean Cocteau: "Nosso papel, daqui para diante será o de esconder a poesia por debaixo do objeto". Livro seco, quase todo de frases incisivas e cortantes que nem tiririca. Irritante por isso mesmo. Mas por outro lado, em compensação, pedaços onde se derrama um sentimentalismo bem brasileiro, terno e comunicativo, como esse colosso que é o "Flama da saudade".

Dói às vezes a carência de ingenuidade, lucidez quase perversa, quase impiedosa, que ele bota nas suas descrições. A gente precisa porém de atentar bastante nisso, que se trata dum turista apressado, sem muito tempo pra tomar amor pelas coisas e que fica satisfeito dizendo como elas são.

Seu livro exemplifica bem a frase de um crítico sobre o nosso século, opondo ele ao século XIX, que é o "século da História": século da Geografia. Ele não demonstra níquel de interesse pelo Passado ou pela História, a não ser pela face de pitoresco que propõe a seu ponto de vista. Exemplo: os capítulos sobre Veneza, Florença e Roma. E é nesse gosto do pitoresco — o demônio de Oswald de Andrade — que ele se aparenta com o criador do Pau-Brasil.

Há muito que dizer sobre este livro além destas observações. Há que dizer, por exemplo, sobre o caráter de imprevisto que reveste seu aparecimento na moderna literatura brasileira, tão pouco habituada a essas coisas. De fato, **Pathé-Baby** desmente com tanta segurança e tão bem a idéia que a gente podia fazer de um livro onde um homem do nosso Extremo-Ocidente contasse suas peregrinações pelo outro lado da Terra, que se sente uma certa hesitação em classificar ele do mesmo jeito com que se classifica quase todos os nossos livros, ainda os mais modernos. Desorienta.

Isso quanto ao livro. Quanto ao autor, pelo que ele nos apresenta hoje, há infelizmente, muito menos que dizer. Ele próprio nos dá pouco a perceber de sua alma e mesmo que a gente chegue a descobrir não será talvez o melhor dela. Eu, por mim, só tenho a dizer, por enquanto, que não vejo na moderna literatura brasileira outro autor mais interessante do que Alcântara Machado e creio que muito poucos mais importantes.*

(*) Fragmento de carta de Antonio de Alcântara Machado a Prudente de Moraes, neto, datada de 2 de julho de 1926, que se refere a esta crítica:
"Prudente, você não recebeu minha carta de há vinte dias mais ou menos, então. Nela acusei recebimento ensaio sergiano que me satisfez embora fizesse erro comum referência falta A. de A. M. em **Pathé-Baby**. Eu estou lá inteirinho quer queiram quer não. Livro incisivo? Eu sou incisivo. Debochativo? Eu sou debochativo. Seco? Não acho. Mas se é, é porque eu sou também. E assim por diante. Isso não quer dizer ensaio não seja ótimo. Eu achei. Sinceramente. Piada nosso romantismo excelente. E outras coisas mais".

....

Assinado: A

Livros Novos.

PATHÉ-BABY do Antônio de Alcântara Machado — Editorial Helios Limitada, São Paulo.

(Sem assinatura)

O Sr. Antonio de Alcântara Machado, escritor modernista, acaba de publicar o **Pathé-Baby**. Interessante livro de cronicas ligeiras e de impressões referentes à viagem que o A. realizou, pelo velho mundo. Cada página do livro é uma cena cinematográfica que se desenrola com rapidez. O aspecto de cada cidade oferece, à observação do leitor, um punhado de anotações muito vivas.

É pena que o A. repita as imagens a todo instante, achando que todos os caminhos são riscos de lápis, riscos de giz, etc. Pena é, também, que os seus olhos só tivessem fotografado o que as cidades maravilhosas da civilização européia apresentam de pouco recomendável e de menos estético. Neste particular, o livro todo denota mau gosto. Não há viajante que se enleve, de preferência, pelos trechos escusos, pelos becos mal iluminados, pelos traços inferiores das paisagens urbanas, que teve oportunidade de observar. Tudo, para o A., denota imundície, exala mau cheiro, está cheio de moscas. A tela cinematográfica de suas observações de viagem é um sucessivo pintalgar de defeitos, de cacoetes morais e físicos, de aleijões arquitetônicos, de monturos nauseabundos, nos quais não viceja uma flor de beleza efêmera.

O estilo é o mesmo que conhecemos, nos livros de outros escritores modernistas. Trechos breves e justapostos. Palavras soltas. Frases curtas e incisivas. Abundância exageradíssima de pontos finais. Maiúsculas abolidas. Influência visível de Mário de Andrade e de Oswald de Andrade, no seu modo de escrever. O A., aliás, não esconde que Oswald de Andrade é o seu mestre. Para comprová-lo, basta o prefácio da obra.

O **Pathé-Baby** está cheio de deslizes gramaticais imperdoáveis. Cheio de cacofonias (a circulação pára para que possam passar; Lisboa com nódoas; o Moreno pára para acender o cigarro, etc.). O verbo cheirar é aplicado, a todo instante, erradamente: o ar cheira gasolina, etc. As repetições são tediosas: destra, por exemplo. "A destra aponta a lua"; "a destra aponta a faltosa", etc.

Não é, enfim, um livro que dê renome ao seu autor, mormente por ser de um crítico, inexorável e exigente no julgamento da obra alheia.

O prefácio de Oswald é uma página da Agência Havas. Não tem a menor originalidade. Os desenhos de Paim são magníficos. A feitura material do livro é irrepreensível.

(*) **Correio Paulistano**, 25 de Fevereiro de 1926.

Antonio de Alcântara Machado — Pathé-Baby
Ed. Helios. São Paulo 1926*

Paul Morand renovou o golpe de vista cosmopolita. Não à maneira de um Loti, que via em todas as coisas o seu desejo de ver outras coisas. O seu "eu" inumerável. Uma imensa nostalgia do "ailleurs". A deslocação contínua da personalidade. A diluição das paisagens pela saudade em ser, pelo pressentimento do efêmero.

Não à maneira de um Conrad, oposto a Loti, deixando que os homens, todos os homens rudes, fantásticos, imprevistos, obscuros e misteriosos, que vogam pelos mares, viessem viver em seus livros, com a mesma vida impenetrável que em vida tiveram.

Não à maneira de Keyserling, para quem uma viagem ao fim do mundo foi uma revelação do fim de um mundo e um reencontro do seu mundo interior mais fechado, até então.

Paul Morand fez a caricatura do mundo. Do mundo que se tornou pequeno para a insaciedade do homem moderno. "Rien que la terre". Do mundo que se deformou, que se aproximou em uniões monstruosas, que se diluiu em hibridismos vulgares, que se desarvorou na fúria de gozar a vida antes que os cataclismas sociais varressem por terra coisas milenares e supremas. "Le monde cesse d'être un drapeau aux couleurs violentes: c'est l'âge sale du métis".

Foi também uma caricatura da Europa, que nos traçou o sr. Alcântara Machado, neste livro de viagem, delicioso de vida, de impressionismo, de golpe de vista rápido e incisivo. Dois ou três traços de cada cidade. E sempre uma vista original, marcada, caricatural quase sempre. Isto é, acentuando ao exagero um traço essencial e suprimindo tudo mais.

Naturalmente, o que viu, o que procurou ver foi a Europa de hoje. A vida do momento, sobre o fundo imemorial sem dúvida. Mas sempre o cotidiano visível e imprevisível.

Tem um grande poder incisivo de evocação. Escreve em pontas. Com estilete. A cena do Arco do Triunfo é perfeita.

Viu a Itália assim também. No extremo oposto, por exemplo, do que levou Proust a viver Combray em plena Veneza, mas em reclamar também contra os que suprimiam o passado sob pretexto de vida. "Ce fut le tort de très grands artistes, par une réaction bien naturelle contre la Venise factice des mauvais peintres de s'être attachés uniquement à la Venise, qu'ils trouvèrent plus réaliste, des humbles campi, des petits rii abandonnés... Et puisque à Venise (pode-se estender a observação a toda a Itália) ce sont des oeuvres d'art, des choses magnifiques, qui sont chargés de nous donner les impressions familières de la vie, c'est esquiver le caractère de cette ville, sous pretexte que la Venise de certains peintres est froidment esthetique

(*) LIMA, Alceu Amoroso. Estudos. 3.ª série, ed. Terra do Sol. Rio de Janeiro, 1927.

dans sa partie la plus célèbre, qu'en representer seulement les aspects misérables, etc".

E o defeito que se pode notar neste livro, sob tantos aspectos, encantador. Querendo reagir contra os "baedeckeristas", que viajam a Itália nas folhas dos guias, com admirações tarifadas e paradas em frente aos quadros, de acordo com o maior ou menor número de asterísticos, — ou contra os "tainistas", muito superiores, sem dúvida, mas que a viajam também nas folhas de Vasari ou de Tito Lívio, — caiu por vezes o sr. Alcântara Machado no extremo oposto, carregando na sua caricatura e cansando pela monotonia da irreverência.

De qualquer forma viu uma Itália sua, uma Itália em movimento, cheia de vida e de ambiente. E pode alegar o exemplo de Stendhal que, viajando pela sua segunda pátria (Enrico Beyle, milanese, Visse, Scrisse, Amó), ao chegar a qualquer cidade mais importante, não cogitava de se informar de museus e de obras de arte, mas da peça que levava, aquela noite, o teatro do lugar. O que lhe não impediu de escrever essas "Promenades dans Rome", ou essa "Rome, Naples et Florence" que são histórias de arte viva, de um passado sempre presente.

Essa preocupação de ser bem moderno, mesmo em pleno prestígio florentino ou romano, é que levou o sr. Alcântara Machado a ansiar pelo cubismo de Fernad Léger ao sair dos Uffizi e a escrever uma página absolutamente chata e mesmo irritante sobre Roma. Mas quando pega um tema moderno (por vezes mesmo um antigo, como na excelente página sobre Assis), então, sim, é de primeira ordem. A tourada em Barcelona, por exemplo, é admirável de cor, de movimento, de massa viva. Realmente senhor do tema. E sabendo reter os momentos de luz para compor, para fazer brilhar essa tarde de azul e sangue, em todo o esplendor.

É um escritor que se revela o sr. Alcântara Machado.

PATHÉ-BABY*

A propósito de seu livro **Pathé-Baby**, o nosso companheiro de trabalho Antonio de Alcântara Machado recebeu de Ronald de Carvalho, sem dúvida uma das figuras mais empolgantes da moderna literatura brasileira, a seguinte carta:

"Rio 26 de Março — Meu caro Alcântara Machado. Você criou a poesia do cartaz no Brasil. **Pathé-Baby** está acima do cinema. Transcende o movimento do cinema, porque tem volume aéreo, tem desenvolvimento lírico, tem todos os tons puros que exprimem os dados do real. O Oswald não tem razão. **Pathé-Baby** não é reportagem.

Como o **Arlecchino** de Soffici também não é reportagem. Reportagem é descrição. **Pathé-Baby** é um estilo. Você construiu-o na sensação direta com a difícil inteligência da sensação direta. Reportagem é transcrição, é

(*) **Jornal do Comércio**, São Paulo, 30 de março de 1926.

relação entre o objeto, situado no seu meio sugestivo, portanto, no tempo, e a percepção dele.

Você talvez tenha feito reportagem somente em Veneza, reportagem irônica, zombadora. Musset, Byron, Wagner e D'Annunzio, Il Fuoco! Você construiu-o no espaço, objetivamente. Você não se lembrou, quando escreveu **Pathé-Baby**. Você viu. Por isso escreveu obra superior. Criou. Viveu.

Pathé-Baby é uma concentração de entusiasmos, com sabor de vida, sem literatura. Guarde um lugar para o meu entusiasmo no seu coração. Muito obrigado pelo cheiro de ilhas virgens e de ares limpos que você me mandou nesse seu lenço carregado de adeuses e viagens gostosas. Seu Ronald de Carvalho''.

PATHÉ-BABY*

Sobre o livro **Pathé-Baby**, do nosso companheiro Antônio de Alcântara Machado, Mário de Andrade escreveu no S. Paulo Jornal, a 20 do corrente, o seguinte artigo;

"Uma consequência do valor é despertar atitudes decididas. Pró ou contra. Já encontrei muita gente indignada com este livro e mesmo um lusíada estrilando ferocíssimo por causa da impertinência leviana e serelepe com que A. de Alcântara Machado maltratara Portugal.

Esta frase resume o que de mais importante encontro na personalidade demonstrada em **Pathé-Baby**. A. de A.M. "maltratou" Portugal. Não descreveu nem revelou. Estas viagens apesar de todo o realismo delas estão no polo oposto ao da reportagem. É impossível conhecer Londres ou Lucca por **Pathé-Baby**. O autor só empregou o pouco de realidade objetiva delas que concordava com a realidade subjetiva, o sentimento que estas cidades provocaram nele. A antipatia sincera por Itália ou Portugal é manifesta. Se a França em vez de curiosidade, tivesse despertado a antipatia que lhe causou a Itália, a veríamos suja como Lisboa por exemplo e o soldado desconhecido da Estrela seria tratado com a mesma impertinência com que em Milão "cada peito de oficial é um anúncio de estabelecimento fabril premiado em 50 exposições universais". Imagem desrespeitosa porém que é uma gostosura de ironia. E ainda resta saber se a gente deverá respeitar oficiais e manetas russos, italianos, alemães, etc., que se mutilaram e amedalharam numa joça tão repugnante e inglória que nem a Guerra Grande... É certo que A. de A.M. escolhendo das terras viajadas o que concordava com o sentimento que tinha delas, foi além da descrição. Se lhe sobra curiosidade de viver, essa curiosidade é nova por demais, tem muito de sentimental. Lhe falta aquele estado livre de contemplação que a gente alcança à medida que a idade vai pesando.

(*) **Jornal do Comércio**, 24 de Fevereiro de 1926.

Falei ainda na "impertinência leviana e serelepe" de **Pathé-Baby**. Me parece que em parte isso proveio da conquista feita por A. de A.M.: o Modernismo. Entre as características mais fortes deste a impertinência, o serelepismo e a leviandade dominam. Leveza ficaria melhor . . . Leviano é palavra em evolução aqui na terra e permite falar que a gaze é leviana e o indivíduo é leviano. O Modernismo muito que trata as cousas assim, com uma rapidez, com uma leveza e sem-cerimônia tais que os próprios traços profundos vêm à tona e meio que desaparecem na fluidez da frase voando. Essa levianeza está no livro. É rápido dogmático nítido a ponto de dar a sensação quase sensorial de impertinência. De golpe A. de A. M. se apoderou com talento ágil do segredo de ser moderno. A simultaneidade bem composta de sensações e idéias encontra valiosa e excelente adesão em **Pathé-Baby**. Mas em geral o livro persevera na arte-cocktail, arte-caviar, predispositiva, que tem sido a mais abundante a manifestação do Modernismo por enquanto.

Pathé-Baby é fortemente objetivo. A. de A. M. vê os países pelo sentimento que despertam nele, porém, esse estado transitório de sentimento é descrito pelos dados que a paisagem e a vida ambiente lhe concedem. Um realismo cru, sintético apesar de redundante, demonstrando no autor uma sensualidade sumamente feliz. Se sente que o autor vive com impaciência e confiança. Dessa felicidade provém o exagero de afirmar heroicamente e um pouco lambanceiramente que goza até com o ruim e o feio. Mais temeridade que coragem por enquanto. A sensualidade cheia de saúde com que encara a vida lhe dá esse ar gostoso, gostador até das coisas ruins. Não melhora nada. Antes piora, com a imagem: "O rei a cavalo saindo da pedra branca é o incisivo de ouro das dentaduras caboclas"; "o automóvel sobre o calçamento inominável treme como varas verdes" . . . Raro a imagem melhorar como naqueles telhados se "abrindo como papoulas". Raríssimo e delicada como deliciosamente naquela "tarde caindo como uma folha".

Esta suavidade é rara em **Pathé-Baby**. O livro se caracteriza pelo esquecimento da ternura. Creio que A. de A. M. usará um dia menos escolasticamente das próprias possibilidades. Por enquanto foi mais moderno que livre. Naturalíssimo: a gente primeiro se preocupa mais com a posse do mundo que com a de si mesmo. A secura do autor será realmente inata? Sempre uma ternurinha mostra as vezes o olhar manso no meio do mecanismo luzidio do livro. Ora tímida espandongada que nem na "Ronda Noturna"; ora natural sincera, como na magistral "Flama da Saudade" que é a jóia do livro. Pela técnica e comoção. Com a dicção moderna adotada e o estado de inteligência a que se afez, A. de A. M. conquistou um mundo: o direito de atualidade sem o qual ninguém vive útil. Apenas está orgulhoso de ter descoberto o recriado em si a maneira seca e sintética da sensibilidade contemporânea. Coisa que só faz quem possui a vivacidade intelectual de A. de A. M. Porém, dia chega em que a gente não se contenta mais com esse geral. É a visita à casa paterna. O indivíduo se redescobre no silêncio de si mesmo. Silêncio aconselhante que tem a memória e a verdade sutil dum retrato velho. Esse dia A. de A. M. será além de atual, racial e mais humano. Porque agora só tem que se apoderar de si mesmo para se humanizar. Então as palavras que escrever além de cocktail, terão mais substância. Porque mais "visíveis". O passo rápido das épocas se atenua quando estas se resguardam com o vestido de cauda da tradição. Então a gente percebe melhor o perfil delas. E descobre aqueles traços misteriosos que despertam o sentimento de parentesco e a amizade. É possível que o esquecimento de ternura que caracteriza o autor de **Pathé-Baby** desapareça com o crescer da personalidade... Aliás isso é mais propriedade que defeito. **Pathé-Baby** é livro excelente cheio da vitalidade dominadora do seu autor. Soco seco, musculoso de modernismo na pasmaceira literária nossa. Baby que principia com essa musculatura, é muito provável que dê num Benedito. Talvez Dempsey..."

Um Viajante de Bom Humor*

Agripino Grieco

    Meu amigo Antonio de Alcântara Machado está de novo a viajar pela Europa. Dispondo de boa pecúnia, o autor, já agora glorioso, de **Pathé-Baby**, de **Brás, Bexiga e Barra Funda** e da **Laranja da China**, o historiador burlesco e dramático dos bairros ítalo-brasileiros da Paulicéia, foi novamente recrear-se nos velhos países europeus, e talvez nos traga de lá a continuação das páginas em que se mostrou o mais desabusado, o mais irônico dos excursionistas.

    Sim. Alcantara Machado viaja sem cair na basbaquice. Não escancara a boca e não interjeiciona diante da Torre de Belém, do Arco do Triunfo ou do zimbório de São Pedro. Nada do todo errante da narração de Hewlett e sim o observador malicioso e lúcido. Sabe ele que em espanhol ou italiano, idiomas tão docemente cantantes, também se diz muita bobagem; sabe que nos palácios europeus também mora muito tipo abestalhado, e, que afinal, ser da terra de Dante e ser besta não deixa de ser mais humilhante que ser besta sendo apenas da terra do sr. Laudelino Freire.

    Esse jovem Anacharsis, estragado por um século escarninho, é um má língua universal e olha tudo com um olho humorístico, de cidadão bem humorado. Corre o mundo como quem folheia um álbum de caricaturas. É o espelho de Stendhal vagando em meio à turba, mas um espelho sabiamente deformador.

    Patriotismo, moral, religião, todos esses sentimentos respeitáveis, ele os decompõe com uma perversidade metódica, para em seguida recompô-los burlescamente. Nos sítios mais graves sugere uma atmosfera jocosa, e os heróis, os gênios, os vultos históricos mais venerandos são substituídos por imagens grotescas, de uma engenhosa comicidade. A ópera solene converte-se em ópera bufa, "Nil admirari..."

(*)**Diário da Noite**, São Paulo, 7 de Novembro de 1929.

Serve-nos isto, a propósito da Cidade Eterna: "A indústria italiana mais próspera tem por operários-chefes, mortos, os estatuários gregos, os arquitetos de Nero e Carracalla, Rafaello Sanzio, Michelangelo Buonarrotti, Bernini e outros. Quando os artigos expostos da Roma-museu ganham o ar massante de coisa vista, dois golpes de picareta renovam a mostra, salvando a situação. Descobrem-se mais cinco pares de colunas coríntias, três dorsos mutilados, dois metros quadrados de mosaico romano e chama-se o estrangeiro. Este vem, pasma e paga".

Ao que se verifica há, segurança na técnica de humorista do Antonio de Alcântara Machado e há bastante sabor em seu talento de satírico à moderna, de cientista do epigrama. Daí agradarem-se imenso as suas audácias, audácias acima de simples fanfarrice em que se comprazem certos futuristas iletrados que hoje acompanham a calva de Marinetti com a mesma seráfica inconsciência com que ontem acompanhavam, parnasianamente, os bigodes negros (cada vez mais negros, à força de Negrita) do ilustre cantor de Ema e do rio Paraíba.

Matéria literária atraente a do cinema internacional do nosso patrício. Composição desenvolta, trechos abundantes em silhuetas irresistíveis. A ação, como convém, é vertiginosa; os cenários pitorescos, as passagens episódicas e as figuras caracteristicamente locais de cada povo, desfilam velozmente diante do leitor. A forma é quase sempre elítica, dando idéia de uma corrida esportiva. Alcântara Machado transmite um impulso nervoso e ágil a tudo o que escreve. Acessórios as mais das vezes justos. Até a desarmonia é inteligente e o que parece errado está certíssimo.

Problemas ponderosos resolvidos com um sorriso talvez meio irreverente: "Flores vermelhas pintam os ramos altos dos castanheiros. Parques e castelos. Completando a paisagem passadista, carneiros unidos e parados. Calvários de pedra e madeira anunciam Lisieux. Pregado em cruzes diferentes, em uma encruzilhada ou à sombra de um plátano, Cristo pende a cabeça ferida, reproduz, de distância em distância, o mesmo espetáculo de martírio. Terra que acalentou Tereza do Menino Jesus e lhe ensinou virtudes suaves. Nos campos de Lisieux a discípula se fez boa. Sem pretensão: os homens é que a fizeram santa".

"NOSSO CÉU TEM MAIS ESTRELAS"*

Brito Broca

Está para ser reeditada a obra de ficcionista de Antonio de Alcântara Machado. Mas o que precisava reeditar-se, igualmente, era o seu livro de viagens **Pathé-Baby**, hoje raridade bibliográfica. E isso porque esse livro desempenhou um importante papel no Modernismo, não só do ponto de vista literário — por ter constituído a primeira demonstração da prosa modernista — como do ponto de vista da vida literária — por ter marcado uma posição nova em nossa maneira de encarar a Europa. Antes, os escri-

---

(*) A Gazeta, São Paulo, 11 de Fevereiro de 1958.

tores brasileiros, quando iam à Europa, escreviam quase somente sobre Paris e era sempre em tom de panegírico que o faziam. Antonio de Alcântara Machado não se preocupou apenas com Paris, visitou outros países, outras capitais e cidades, e em lugar de se mostrar deslumbrado, de exaltá-las, procurou ao contrário incidir nos aspectos caricaturais e desfavoráveis. Diríamos que ele foi realista, enquanto em nossa literatura de viagem vinha prevalecendo, até então, um verdadeiro romantismo, se não houvesse, por vezes, nesse realismo acentuado "parti-pris". Os viajantes anteriores, com poucas exceções, como de Nabuco e Nestor Vitor, ficavam na superfície, em sua visão iluminada e decorativa da Europa; Antonio de Alcântara Machado não saiu também da superfície, quando reduziu tudo a filmes e filmes que (em 1926, não podíamos fazer o paralelo) pareciam, pela esquematização, desenhos animados de Walt Disney, mas apresentou o reverso da medalha.

 É preciso considerar que, em 1925, quando Antonio de Alcântara Machado partiu para a Europa, não se haviam definido ainda, com precisão, as correntes nacionalistas do Modernismo. Se já lançara Oswald de Andrade o grito da "Poesia Pau-Brasil", essa poesia com um sentido propriamente primitivista, preconizando um "estado de inocência", a volta a Pero Vaz Caminha, inspirava-se diretamente nos movimentos de vanguarda europeus. Oswald confessava mesmo que fora na Place Clichy, umbigo do mundo, que descobrira a nova estética. Depois de 1922 dera-se uma verdadeira debandada de modernistas para Paris. E todos procuravam utilizar-se, mais ou menos, da experiência européia, nas pesquisas em que se empenhavam. Até essa época, portanto, ninguém julgava necessário desdenhar a Europa para ser modernista. Daí o espírito essencialmente revolucionário dos "filmes" de Antonio de Alcântara Machado. Logo ao passar por Lisboa envia ele uma crônica para o **Jornal do Comércio,** focalizando flagrantes pouco lisonjeiros da cidade. Um dos primeiros a protestar foi o gerente da folha, aliás, um português muito simpático, de nome Matos. Mário Guastini, porém, deu mão forte ao seu redator (Antonio de Alcântara Machado era então crítico teatral do **Jornal do Comércio**) e as crônicas enviadas da França, da Inglaterra, da Itália e da Espanha continuaram a ser publicadas. Guastini confessaria, depois, ter recebido muitas cartas atrevidas contra esses artigos. "Os autores das epístolas agressivas escondiam-se no anominato e escreviam com os pés..." — diz ele no livro **A hora futurista** que passou. Era natural; constituía um fato quase virgem, senão inteiramente virgem no Brasil, alguém ir à Europa para só ver o lado mau, as deficiências dos países que percorria. Acredito que nem só os estrangeiros aqui residentes teriam sido autores das cartas anônimas; muitos brasileiros haviam também de irritar-se com a petulância daquele moço que parecia esforçar-se por desencantar as belezas do Velho Continente. Bastaria este exemplo: na Itália, onde há tanta maravilha a extasiar-nos, Antonio de Alcântara Machado fora buscar um detalhe insignificante para forçar o grotesco: a aversão que ali existe pela água em certos lugares. Isto suscitou muitos protestos. Mas, em 1926, ao comentar o aparecimento de **Pathé**

Baby, em artigo incluído no livro a que há pouco nos referimos, **A hora futurista** que passou, Mário Guastini via na atitude do jovem modernista, uma espécie de revide aos escritores estrangeiros, para os quais o Brasil até então era o país das cobras e dos negros descalços. Se a maioria deles instistia em distinguir apenas o que tínhamos de pouco lisonjeiro, quando não inventavam disparates a nosso respeito, porque não havíamos de permitir a um brasileiro a liberdade de descrever o que a Europa tinha de ruim? E velhos conhecedores dos países europeus podiam testemunhar que Antonio de Alcântara Machado não inventava: apenas caricaturava, uma caricatura através da qual se distinguiam melhor, muitas vezes, as linhas nítidas da verdade. José Maria dos Santos, que residiu longo tempo na França, ante a "película" da Normandia, perguntou a Mário Guastini:

— "Quem manda a você essas impressões de viagem?" E ao inteirar-se da identidade do autor, um rapaz de vinte e quatro anos, observou:

— "Pois o diabinho tem talento como gente grande...A Normandia é isto mesmo: uma fotografia não seria mais perfeita".

Ao publicar o livro em 1926, com uma carta — prefácio de Oswald de Andrade e ilustrações de Paim — Antonio de Alcântara Machado reproduziu na última página, como moral da fábula, estes versos da "Canção do Exílio", de Gonçalves Dias: "Nosso céu tem mais estrelas — Nossas várzeas têm mais flores — Nossos bosques têm mais vida — Nossa vida mais amores".

Curioso paradoxo: o realismo revolucionário do modernismo iria justificar-se pelo lirismo de um dos nossos mais típicos românticos. Pois é preciso reconhecer: desde o romantismo nunca mais nos tínhamos sentido exilados na Europa, e o "1900" foi justamente o período em que vivíamos melhor, lá do que aqui e em que o regresso ao Brasil é que constituía, na realidade, um exílio para muita gente. Antonio de Alcântara Machado revertera a nostalgia de Gonçalves Dias numa atitude polêmica, iniciando a ofensiva contra a Europa, que iria desencadear-se de 1926 em diante, e teria a sua vanguarda na corrente verde-amarela.

Por uma coincidência, digna de registro, a viagem do autor de **Pathé-Baby** realizou-se no mesmo ano de 1925, em que o futebol, o mais popular dos nossos esportes, o que mais fala ao orgulho nacional, exibia-se pela primeira vez, vitorioso, na Europa. A excursão do Paulistano ao Velho Mundo, com quatro vitórias e apenas uma derrota insignificante na França e retumbante vitória em Portugal, nessa época em que ainda prevalecia o amadorismo, emocionou o Brasil e principalmente São Paulo, trazendo nas massas a consciência da nossa superioridade esportiva sobre os europeus. Superioridade que, por extensão, seria para elas o do próprio Brasil sobre uma Europa decadente. Eis um detalhe do qual não nos devemos esquecer no sincronismo histórico-social do movimento modernista.

BIBLIOGRAFIA SOBRE A OBRA DE ANTONIO DE ALCÂNTARA MACHADO

De caráter geral

HOLANDA, Sérgio Buarque de — Realidade e poesia. Sobre Antonio de Alcântara Machado. **O Espelho**, Rio de Janeiro, agosto de 1935 (Reproduzido no volume **Em memória**...).

DIVERSOS AUTORES — **Em memória de Antonio de Alcântara Machado**. São Paulo, ed. Pocai, 1936.

MURICY, J. Cândido de Andrade — Antonio de Alcântara Machado. In _____ **A nova literatura brasileira**, Porto Alegre, Globo, 1936 p. 223-231.

LINS, Álvaro — UM documento do Modernismo — **Jornal de Crítica**, 1.ª série, Rio de Janeiro, J. Olímpio, 1941, p. 188-196.

CAVALHEIRO, Edgard — Antonio de Alcântara Machado. **Planalto** n.º 7, São Paulo, 15 de agosto de 1941.

LEÃO, Múcio — Autores e Livros. Suplemento n.º 10, v. LV, **A Manhã**, Rio de Janeiro, 16 de maio de 1943 (número dedicado a A. de A. Machado).

MILLIET, Sérgio — Antonio de Alcântara Machado. Prefácio à edição Martins, São Paulo, 1944 (reúne **Brás, Bexiga e Barra Funda e Laranja da China**).

REGO, José Lins do — Antonio de Alcântara Machado. In _____ **Gordos e Magros**, Rio de Janeiro, Casa do Estudante do Brasil, 1944, P. 54-56.

GRIECCO, Agripino — Biógrafos, etc. In _____ **Gente nova do Brasil**, Rio de Janeiro, José Olímpio, 1948.

SALDANHA COELHO, José — Antonio de Alcântara Machado. In _____ ed. **Revista Branca**. Modernismo. Río de Janeiro, 1954.

LEÃO, Múcio — Antonio de Alcântara Machado. **O Tempo**, São Paulo, 17 de abril de 1935.

MILLIET, Sérgio — Antônio de Alcântara Machado e a revolução de 22. **Tribuna da Imprensa**, Rio de Janeiro, 15 de abril de 1955.

CAVALHEIRO, Edgard — O paulista Antonio de Alcântara Machado. Tribuna de Letras. **Tribuna da Imprensa,** Rio de Janeiro, 16 de abril de 1955.

PACHECO, João — Antonio de Alcântara Machado. In _____ **Pedras várias,** São Paulo, Conselho Estadual de Cultura — Comissão de Literatura. 1959.

BARBOSA, Francisco de Assis — Nacionalismo e Literatura. In _____ **Achados do Vento,** MEC-INL, Biblioteca de Divulgação Cultural Série A, v. XV, Rio de Janeiro, 1959, p. 13-52.

BARBOSA, Francisco de Assis — Nota sobre Antonio de Alcântara Machado. Cronologia — Introdução a **Novelas Paulistanas,** Rio de Janeiro, José Olímpio, 1961, 1.ª edição. (datado de 1957. Reproduzido nas sucessivas edições de **Novelas Paulistanas).**

BARBOSA, Francisco de Assis — Dados biográficos e apresentação. **Antonio de Alcântara Machado. Trechos escolhidos.** Nossos clássicos, Rio de Janeiro, Agir, 1961.

CASTELLO, J. Aderaldo e Antônio Cândido — **Presença da Literatura Brasileira.** Modernismo, v. 3. Difusão Européia do Livro, São Paulo, 1964, p. 135-149.

ALZER, Célio — Antonio de Alcântara Machado. Ilustre e desconhecido. **Jornal do Brasil,** Caderno B, Rio de Janeiro, 17 de maio de 1969.

MACHADO, Luis Toledo — **Antonio de Alcântara Machado e o Modernismo,** Rio de Janeiro, José Olímpio, 1970.

BRITO, Mário da Silva — Alcântara Machado In _____ A revolução modernista. A. Coutinho ed. **A literatura no Brasil.** Modernismo, v. 5, Rio de Janeiro, ed. Sul América, 2.ª ed., 1970.

ATAÍDE, Vicente — A ficção de Antonio de Alcântara Machado. **Minas Gerais,** 30 de outubro de 1971 (Suplemento Literário).

BOSI, Alfredo — O prosador do modernismo paulista: Alcântara Machado. In **História Concisa da Literatura Brasileira,** 1974, 2.ª edição, p. 420-422.

RIEDEL, Dirce Cortes — Experimentalismo. In Coutinho, A. ed. **A literatura no Brasil.** Modernismo, v. 5, Rio de Janeiro ed. Sul América, 2.ª ed. 1970, p. 227.

Sobre aspectos específicos

DONATO, Mário — Gaetaninho não morreu. **Para Todos** n.º 18, fevereiro de 1957.

GUIMARAENS FILHO, Alphonsus — Relendo Antonio de Alcântara Machado. **Correio Braziliense,** Brasília, 11 de outubro de 1969.

OLIVEIRA, Franklin de — O bloqueio. **Correio Mercantil**, Rio de Janeiro, 8 de maio de 1971.

Sobre Pathé-Baby

STIURNIRIO Gama (pseudônimo de Mário Guastini). **Pathé-Baby** de Antonio de Alcântara Machado. **Jornal do Comércio**, São Paulo, 7 de fevereiro de 1926. (reproduzido no livro: GUASTINI, Mário. **A Hora futurista que passou**, ed. Maiença, outubro de 1926).

ORLANDO, não o furioso — A propósito do **Pathé-Baby** de Antonio de Alcântara Machado. **Jornal do Comércio**, S. Paulo, 23 de fevereiro de 1926, (transcrito de **A Fanfulla**, São Paulo, 21 de fevereiro de 1926). (Recorte, IEB-USP).

DAMY, Martim. Prosa e Verso. O Espírito dos livros. **Pathé-Baby**, de Antonio de Alcântara Machado. **Jornal do Comércio**, S. Paulo, 19 de fevereiro de 1926.

ANDRADE, Mário de — **Pathé-Baby, São Paulo Jornal**, São Paulo, 20 de fevereiro de 1926. (transcrito **no Jornal do Comércio**, São Paulo, 24 de fevereiro de 1926).

Y — Bilhete ao Antonio. **Jornal do Comércio**. São Paulo, 26 de fevereiro de 1926.

s/ass. **Pathé-Baby** — 10 Maio de 1926. **Jornal do Comércio**, São Paulo (transcrito de **Jornal do Comércio**, Rio de Janeiro).

HOLANDA, Sérgio Buarque — **Pathé-Baby. Terra Roxa e outras terras**, n.º 6, p. 3, S. Paulo, 6 de julho de 1926.

GRACIOTTI, M. — **Pathé-Baby** — Antonio de Alcântara Machado. Ed. Helios Ltda. S. Paulo. **La Revista degli Italiani**, setembro 1926. (Recorte — Acervo M. de A. Instituto de Estudos Brasileiros. USP).

ANDRADE, Rodrigo M.F. de — Antonio de Alcântara Machado, **Pathé-Baby** — Ed. Helios Limitada, S. Paulo, 1926 — **Revista do Brasil** n.º 21 — 2.ª fase, Rio de Janeiro, 15 de outubro de 1926.

TEILLIM (S. Milliet). **Pathé-Baby**, por Antonio de Alcântara Machado, S. Paulo, 1926. **Terra Roxa e outras terras**, n.º 5, p. 6, 27 de abril de 1926.

LIMA, Alceu Amoroso — Antonio de Alcântara Machado — **Pathé-Baby**. Ed. Helios, S. Paulo 1926. **Estudos**, 1.ª série, ed. Terra do Sol, Rio de Janeiro, 1927, p. 73-75.

GRIECCO, Agripino — **Pathé-Baby. Jornal do Comércio**, S. Paulo, 29 de maio 1926. (transcrito de **A Manhã**, Rio de Janeiro 27 de Maio de 1926).

FERREIRA, Ascenso — **Pathé-Baby. Revista da Cidade,** Recife, Ano III, n.º 99, 14 de abril de 1928. (Com transcrição do episódio Nápoles/2.lixo.)

GRIECCO, A. — Um Viajante de Bom Humor. **Diário da Noite,** S. Paulo, 7 de Novembro de 1929.

MILLIET, Sérgio. **Terminus Seco e outros coquetéis.** S. Paulo. Irmãos Ferraz, 1932, p. 337-348.

BROCA, Brito — Nosso ceú tem mais estrelas. **A Gazeta,** São Paulo, 11 de fevereiro de 1958.

FARIA, Maria Alice — Alcântara Machado e a Europa. **O Estado de S. Paulo.** (Suplemento literário n.º 499, P. 4), 15 de outubro de 1966.

Este livro PATHÉ BABY de António de Alcântara Machado é o volume 3 da Edição Fac-Similada da Obra de António de Alcântara Machado. Capa Cláudio Martins. Impresso na Editora Gráfica Líthera Maciel Ltda, a Rua Simão Antônio, 157, Contagem, para Livraria Garnier, a Rua São Geraldo, 53 - Belo Horizonte - MG. No Catálogo geral leva o número 3101/1B. ISBN 85-7175-077-7.

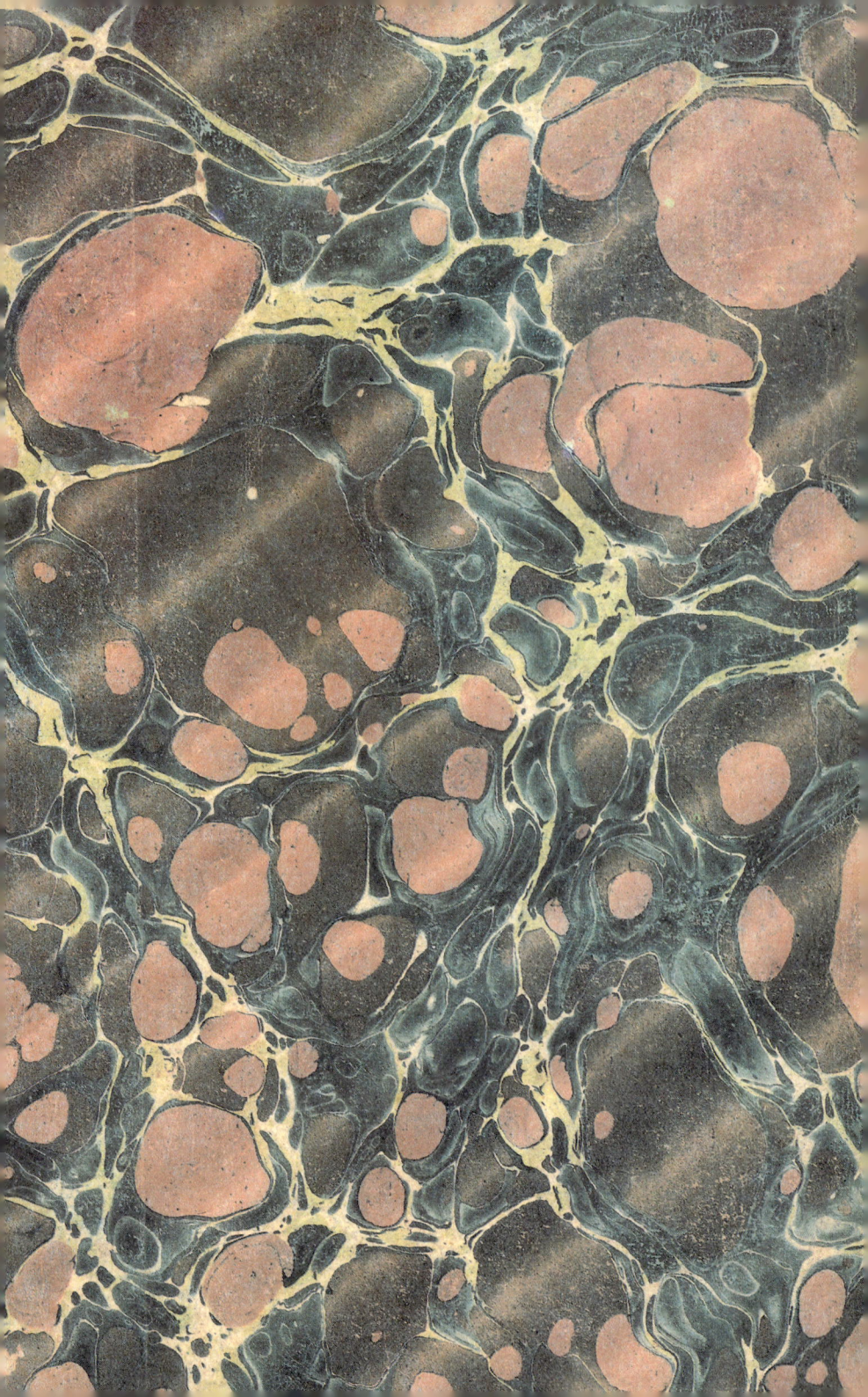